書店ガール6

遅れて来た客

碧野 圭

PHP
文芸文庫

○本表紙デザイン＋ロゴ＝川上成夫

書店ガール6　*　目次

本と本屋を愛するすべての人に。

書店ガール6

1

あのお客さまは藝大生かな？

新しく入ってきたお客さまを、宮崎彩加（みやざきあやか）はレジの奥からこっそり観察する。藝大生というと、汚れても平気なツナギを着ているイメージだが、彩加の知ってる藝大生は、美術系でも意外とこぎれいな格好をしている。その女性も、ミナ ペルホネン風の大胆な柄（がら）のワンピースに細身のパンツを合わせている。

予想どおり、その女性も奥の棚の方に進んでいく。そこでは幅三メートルほどの壁面の下半分を使って「藝大生が薦めるアートな本」というタイトルのフェアを開催している。デッサン本や『芸術起業論』などは彩加でも選書するような本だが、『フィンランド・森の精霊と旅をする』とか『ときめくコケ図鑑』など、なぜ選ばれたのかよくわからないものもある。それぞれに選書した藝大生がＰＯＰにコメントをつけているが、『ときめくコケ図鑑』に書かれているのは「これがアートだ！」というひと言だけ。つまり、その人がアートと感じればそれでいい、ということらしい。選書した人は、苔（こけ）に美を感じているのだろう。

取手（とりで）には、駅からバスで十五分ほど行ったところに、東京藝大の取手キャンパスがある。彩加が最近意識しているのは地元との繋がり。取手駅の改札の中に構える書店としたら、取手ならではの何かを店頭で表現したいと思っている。藝大があるというのも、この地ならではのことだ。それを売り場に活用しない手はない。半年前に藝大生の幸崎郁歩（こうざきいくほ）がアルバイトで入ってきたことから、その子のクラブの友人たちにも協力してもらい、このフェアをやることにしたのだ。フェアタイトルのＰＯＰも、幸崎が作ってくれた。段ボールを切ったものに、大胆な配色で文字を描いている。それだけでも目を引くものになった。

駅中（えきなか）の書店でこうしたフェアをやることを意外に思うらしく、店を訪れたお客さまが「あれ？」という表情でフェアの棚を見ている。売り上げはそれほどでもないが、お客さまが店に滞在する時間は延びた。いままでこの店のことを知らなかった藝大生に、存在をアピールできただけでもよかった、と思う。

フェア棚の前に立ったお客さまは、ＰＯＰをひとつひとつチェックしている。そして、そのフェア棚の隅に置かれていたフリーペーパーを取り上げて、

「これ、いただいていいですか？」

と、彩加の方を見て尋ねる。

「もちろんです。ご自由にお持ちください」

それを聞いてお客は五部くらい掴（つか）むとバッグに入れ、そのまま店を出て行った。

「ありがとうございます」

やれやれ、と彩加は思う。実のところ大学と連携したフェアはやりにくい。学生は本は本屋でなく、大学内の生協で買うからだ。そちらでは五％引きだから、高い本になるほどお買い得である。あのお客もうちの選書を参考に、本を生協で注文するのだろうか。なんであれ、本を買ってくれるならそれでいいけど。たとえうちの売り上げにならなくても、本へのお客さまの関心を高めることには貢献したのだから。

でも、三田村部長なら、売り上げに繋がらなきゃダメって言うだろうな。

彩加は溜息を吐く。つい先日も、本部の三田村慶信部長に、フェアに凝り過ぎだと注意された。駅中書店なんだから、売れ筋商品ベスト100のリストに載るようなものを並べて置け、と。

それではうちの店としての個性が出ない。ベスト100だけ並べるなら、どこの店に行っても同じではないか、と思うが、三田村はそれでいいのだ、と言う。

「駅中書店は本屋のコンビニを目指せばいい。コンビニは売れ筋のものしか置かない。どの店に行っても、同じチェーンなら品揃えに大差ない。それでも、いやそれだからこそ売り上げは高い。駅中書店もそうあるべきだ」

売れ筋を大量に仕入れて大量に売る。それが効率的ということだ、と。

しかし、本は効率という基準で計れる商品なのだろうか。

本は食品などと比べてロットは少ないが、商品点数はべらぼうに多い。本というものが扱う対象はこの世にあるすべて。人の思想や感情にダイレクトに訴えるものだから、人の好奇心の数だけ本の種類はある。それを、売り上げの数字だけでくくってしまっていいものだろうか。売れている本だけが、お客さまのこころに響く本なのだろうか。

お客さまが本屋に来るのは、必要な本を買いに来るだけではない。何か楽しい気持ちになれる本はないか、何か知的好奇心を満足させてくれる本はないか。何か悩みの解決になるような本はないか、漠然とした『何か』を満たすために来店されるのだ。本ほど衝動買いが多い商品はほかにはない。

だから、駅中の便利（コンビニエンス）な店というだけでなく、わざわざ立ち寄りたくなる店を目指したい。売れ筋が一通り揃うというだけでなく、いつ行っても新鮮な品揃えであるように本の回転を速くしたり、目新（めあたら）しいフェアを仕掛けたり。そうしてお客さまがじっと棚を眺めたくなるような店にしたい。感情に訴える本屋でありたい。それが、書店側のひとりよがりでなく、地域のお客さまのニーズを掘り起こすようなものであれば、と彩加は思っている。

次のお客が店に入って来た。

また、あの子か。

彩加は内心舌打ちをする。近隣の有名私立中学の制服を着た男の子だ。平日はほぼ毎日のように立ち寄り、その日発売になったコミック誌を立ち読みしていく。ほかにもそういう子どもはいるが、立ち読みばかりでは悪いと思うのか、たまに何か購入したりもしてくれる。しかし、その子は誰よりも頻繁(ひんぱん)に立ち寄るのに、一度も購入したことがない。コミック棚が充実している、という評判が近隣の学校に伝わっているらしいが、それはこういうお客も引き寄せる。

たぶんあの子は店の人間のことなど考えていない。だから、自分自身が店の人に認識されているということも気づかないのだろう。私の心のブラックリストに載っているなんて、考えてもみないのだろうな。

また人が入って来た。相手は彩加と目が合うと、こくりと頭を下げた。

「あ、もう交替の時間だっけ」

相手はアルバイトの田中幹(たなかつよし)だ。

「いえ、ちょっと早く来て、棚の整理をしようと思って。ラノベの新刊が届く日だから……」

田中はもごもごと口をあまり開けずに返事をする。

「ありがとう。助かるわ」

彩加が微笑み掛けると、田中は視線を逸らした。あいかわらず人見知りだ。それでも、最初に来た時に比べると、ずいぶん人間らしくなった、と思う。最初は何を聞いてもろくに返事もせず、いつもうつむいてばかりいた。自主的に自分の仕事をみつけてこなすようなことはできなかった。

「あれ、こんなに」

田中が段ボール箱の中から『鋼と銀の雨がふる』という作品を取り出した。一巻から三巻まで、五冊ずつ揃っている。

「今月末に四巻が出るでしょ？　それで追加の発注を掛けたのよ」

前に届いた時とは、文庫に掛かっている帯が違っていた。「シリーズ累計三十万部突破！」という文字が大きく躍っている。

「すごいね、もう三十万部超えたんだね。売れてるんだね」

田中の背後から彩加が声を掛けると、田中は照れたように文庫の箱を閉じた。実際、照れていたのだろう。田中は『鋼と銀の雨がふる』の作者なのだから。

この書店でバイトを始めてまもなく、田中の書いた小説が、ライトノベルの疾風文庫の新人賞で大賞を獲った。それが『鋼と銀』だ。発売されるとすぐにヒットの波に乗ったので、彩加は当然田中がバイトを辞めるだろう、と思っていた。しかし、田中は「しばらくバイトは続けたい」と言う。

「一冊売れたからって、それでずっと小説でやっていけるとは限らない。編集の人にも、最低三冊ヒットが出るまでは、仕事は辞めちゃいけない、って言われているんです」

「編集の人って、小幡さんに？」

小幡伸光は田中こと作家・原滉一の担当編集者だ。打ち合わせのついでに小幡がこの店に立ち寄ったことから、彩加も顔馴染みになっている。

「ええ、そうです。それに、僕も週に三日身体を動かして働くというのが、いい気分転換になってるんです」

本人がそこまで言うなら、無理に辞めさせることもない。そもそも慢性的に人手は足りないし、コミックやラノベの知識が豊富な田中がいてくれるのはお店の力になる。それに田中が働いてくれるおかげで、疾風文庫だけでなく同じ会社のコミックの配本も優遇してもらえている。営業マンは何も言わないが、手に入りにくい人気コミックもこちらの指定通りに入荷してくれるのは、あきらかにうちが特別扱いされているからだ。営業への文句を、作家本人には聞かれたくないのだろう。

しかし、田中くん、いつまでここで働いてくれるのかな。

『鋼と銀』はシリーズ化され、四ヶ月に一度のペースで発売されている。ラノベなら当たり前とはいえ、かなりのハイペースだ。作品に集中した方がいいんじゃないだろうか。それとも、ラノベの作家はみんなこんな風に兼業しながらも量産しているのだろうか。この後さらに人気が上がっていくようなら、近いうちに辞めなきゃいけない日が来る。それは考えておかなきゃいけないな。

そういう日が来ることを、田中のためには願いつつ、店のためにはなるべく先延ばしになることを期待してしまう。

ちょっとばかり虫がいいよね。

彩加は自分の身勝手さに苦笑していた。

「こんにちは」

女性二人組のお客は、店に来るとまっすぐレジのところに来た。まだ若く、ふたりともよく似ている。

「はじめまして。安部真理恵(あべまりえ)と申します。それから、こちらは妹のかのんです」

姉の方がそう名乗って、バッグの中から小冊子を取り出した。

「私たち、藝大の学生なんですが、個人的にZINE(ジン)を作っているんです。ちょっと見ていただけないでしょうか」

ZINEというのは、自作の絵や写真などを使って作った小ロットの印刷物である。手軽に自分を表現できる手段としてアメリカの西海岸で生まれ、近年日本にも広がった。ふたりの持ち込んだＺＩＮＥは『紙と三日月』というタイトルだ。紙にまつわるいろんな蘊蓄（うんちく）やそれぞれの想いなどを、イラストや写真を使って紹介したものだ。Ｂ５判で中綴（なかと）じ、四〇ページくらい。藝大生だけあって、選ぶイラストも、その見せ方もセンスがいい。

「姉妹で雑誌を作るなんて素敵ですね。それにこの雑誌、とてもおしゃれ。どうして『紙と三日月』なんですか？」

「意味はあんまりないです。字面（じづら）がきれいでしょう？　紙の本というタイトルじゃ味気ないかな、と思ったし」

　姉の言葉を、妹がフォローする。

「実際に、三日月という名前の紙もあるんですよ。エンボスの加工を、月の表面のでこぼこに見立てた山吹色（やまぶきいろ）の紙が」

「へえ、じゃあこの表紙の紙がそれなんですか？」

「ええ、そうなんです。表紙だけその紙を使っています。中も、実はページごとに紙を変えてるんです」

「この印刷、もしかして活版（かっぱん）？」

　表紙の文字の独特な風合いを見て、彩加はそう予想した。

「ええ、そうなんです。廃業した印刷所から活版をどっさり貰ってきた人が大学にいて、その人に頼んで組版を作ってもらったんです」

「それは素晴らしい。ずいぶん手間が掛かってるんですね」

彩加は活版印刷が好きだった。自分の個人名刺は、わざわざ活版印刷専門の業者に頼んで作ったくらいだ。活版印刷を使っているということで、『紙と三日月』への好意がぐんと増した。

「部数も少ないし、自分たちで製本もやってますから。……製本っていっても、ホチキスで綴じるだけですけど」

「でもよくできてるわ。イラストや写真も商業誌と比べても見劣りしないし」

彩加の褒め言葉に力を得たのか、姉の真理恵が提案する。

「あの、もしよければこれ、こちらにも置いてもらえないでしょうか？」

「ここで売るってことですか？」

「ええ、ちょうど藝大生のフェアをやってるし、そこにいっしょに置いてもらえるといいな、と思って」

ほかでは買えない本。それは本屋の個性を出すのにはとてもいい手段だ。取次を通さない直の取引はバーコードもないし、精算などが面倒ではあるが、書店員としてはこの本を置きたい。彩加の気持ちが動いた。

「これはいくらで売るんですか？」

「裏に書いてあるんですが、三百五十円です。こちらで売っていただけたら、一冊につき五十円お支払するということでどうでしょうか？」

五十円だと、掛け率はいくらだっけ？　彩加は素早く頭の中で計算する。

一〇％が三十五円だから、八掛けより低いよね。

「それは委託で、それとも買取で？」

「委託？」

かのんの方がわからない、という顔で首を傾げた。

「一定の時期店頭に置いてみて、売れなかったものはそちらが引き取るということです」

「あ、もちろんそれでいいです」

「それから、言いにくいんですが、通常書店で売る場合、委託でも二五％から三〇％くらいは書店の方でいただくことになっているんですが……」

「三〇％っていうと……百五円ってことですか？」

「はい。こちらも売るのがビジネスですから。そのかわり、ちゃんと目立つところに置かせていただきます」

姉妹は顔を見合わせた。真理恵の方が口を開く。

「では、そちらの取り分は百円ということでどうでしょう？」

百円だと、二五％よりもちょっと多いくらいか。だったら、いいかな。

「はい、それでしたら、条件的には大丈夫です。ただ、新しい取引の場合、本部の許可がいるので、そちらに問い合わせなければなりません。なので、二、三日返事を待ってもらえるでしょうか？」

ちょうど明日本社に行く用がある。そのついでに三田村部長に直接話してみよう。

「はい、それはもちろん」

「じゃあ、連絡先を教えてください。それから、こちら、見本にお借りしてもいいでしょうか？」

「あ、それ、差し上げます」

「いいんですか？」

「はい。それは営業のために用意したものですから」

「ありがとうございます。じゃあ、なるべくいい返事ができるように、本部と交渉してみますね。そのほか、細かい条件については、正式に決まってからご相談させてください」

「わかりました。よろしくお願いします」

ふたりは緊張が解けたように、明るい笑顔になった。

それを見た彩加は、必ず三田村部長を説得しよう、と決めていた。

「小幡さん、来ましたよ」

部下の声に、伸光は顔を上げた。編集部の部屋の入口すぐのところに、制服を着た中学生らしき男女が七人、こちらの方を向いている。

「いらっしゃい」

伸光は席から立ち上がり、彼らの方に近寄って行った。

「よく来てくれました。僕は疾風文庫の編集長をしています、小幡伸光です。よろしくお願いします」

「井の頭中学の高田ふみと申します、よろしくお願いします」

リーダーらしき少女がはっきりした声で名乗り、ぺこっとお辞儀した。

銀縁の眼鏡が印象的な、賢そうな少女だ。女性がリーダーというところが、いまどきだなあ、と伸光は思う。続いて「松川知弥です」「高野大介です」と、次々挨拶する。女子が四人、男子は三人の七人グループだ。みんな制服をぴしっと着こなし、背筋をぴんと伸ばしている。さすがは多摩地区でも上位の進学校の生徒たち風文庫の編集部です。彼らは編集スタッフの森野哲平と松江和幸」

「まずは編集部をざっと見て、それから会議室でお話ししましょう。この一画が疾

だ。

「こんにちは」

森野は歓迎の意を表すために、精一杯にこにこしているが、電話中の松江はこちらの動向には気づいていないようだ。ゲラに目を落としたまま、電話の相手と深刻そうに話をしている。

「編集者は何人なんですか？」

リーダー格の高田が尋ねる。

「専任のスタッフは五名です」

ほかにフリーランスの編集者も三人ほどお願いしているが、職場見学に来た中学生に、そこまで説明しなくてもいいだろう、と伸光は思う。

「ドラマで観たのと同じですね。どの机にも本や物がいっぱいある」

高田が感嘆している。これでも、中学生が見学に来るというので昨日編集部総出で掃除をした。だから、いつもよりはスタッフの机もきれいになっているのだが、世間一般の基準からはまだまだ乱雑とみなされるようだ。

「では、室内を案内しましょうね」

　仲光は先に立って生徒たちを案内する。仲光の所属する疾風文庫編集部はライトノベルという小説の一ジャンルの専門文庫だが、一般文芸とは切り離され、コミックの部署の中に置かれている。同じフロアにはコミック編集部ばかり並んでいる。

「こちらは、月刊『少年アンビシャス』の編集部です。『逆転ストライカー』や『ジェッツ！』を連載している雑誌です」

　生徒たちは事前にちゃんと注意されているのか、人気雑誌の編集部に案内されても、ことさら騒いだりすることもなく、黙って仲光について行く。何も感じていないかというとそうではなく、時々口を押さえて「わあ」というような表情をしたり、隣の生徒と肘（ひじ）でつつき合って、何事か合図し合ったりしている。そういうことをしているのはみんな男の子で、それに気づいた女の子たちが『いい加減にしなさいよ』と言わんばかりに、鋭い視線を送っている。

　自分たちの頃と変わらないなあ、と仲光は内心苦笑しながら案内を続ける。

「さて、一通り編集部を見ていただきましたので、この後は編集部の仕事についての説明をします。会議室の方に移動しましょう」

　仲光は部下の森野といっしょに、生徒たちを会議室へと案内する。広い会議室に通されて、中学生たちはきょろきょろ辺りを見回したり、もじもじ身体を動かしたりと落ち着かない。

この編集部になってから、職場見学の学生を受け入れるのは初めてだ。前の会社にいた時は、毎年必ず数件の申し込みがあった。職場見学の数も人気のバロメーターだから、うちの編集部も少しは子どもたちにも知られるようになったのだ、と思う。会議室に入り、生徒全員が着席すると、伸光はホワイトボードの横に立つ。森野は入口の傍で全員を見守っている。

「では、雑誌ができるまでを、順を追って説明しますね」

人気のある編集部は申し込みが多すぎるので、職場見学は断っている。総務も、決して無理強いはしない。伸光が今回受けたのは、ちょうど校了明けのヒマな時期だったことと、この職場見学を仲介したのが、恩のある書店員だったからだ。取手の駅中書店の「本の森取手店」。そこの店長の宮崎彩加が、今回の話を依頼してきたのだ。

「雑誌にどんな小説や記事を載せるか、まずは編集者全員で、企画会議で話し合います」

宮崎彩加には、現在疾風文庫のドル箱である『鋼と銀の雨がふる』の売り込みの時に、たいへん世話になった。それだけでなく、この作品の作者である原滉一の上司にあたるのだ。原は『鋼と銀』でデビューする前からその書店でアルバイトをしている。小説の方も軌道に乗ってきたし『そろそろバイトを辞めたらどうか』という話もしているのだが、原はまだ続けたいらしい。一日中誰とも会わずに執筆しているより、週に二日でも三日でも身体を動かした方がいい、と思っているらしい。

「その会議で、それぞれ編集者が自分のやりたい企画を持ち寄り、発表します」

なぜ取手店の宮崎店長が吉祥寺の私立中学の職場見学の仲介をしたのか。伸光も疑問に思ったが、宮崎が以前吉祥寺店で働いていた時の友人が、現在吉祥寺で学校司書をしているのだそうだ。その縁でこちらを紹介されたらしい。

「編集者はその企画がみんなにわかりやすいように、事前に資料を用意します。小説の企画だったら、こんなストーリーになるということを簡単に書いたものや、イラストレーターが決まっている場合は、そのイラストレーターの過去の仕事のコピーを集めたものを用意します」

伸光の説明を聞きながら、生徒たちは熱心にメモを取っている。後でこの話をレポートにまとめなければいけないらしい。

「そうして企画会議で掲載が決まると、編集者は改めて作家と打ち合わせをします」

「あの、すみません」

高野と名乗った生徒が挙手をした。

「なんでしょうか？」

「あの、企画会議ではどういう風にして決まるんでしょうか。多数決ですか？」

鋭い質問だ。自分たちでは当たり前だと思っていることを、部外者に説明するとなると難しい。伸光は少し考えてから発言する。

「多数決は滅多にしませんね。会議でのみんなの反応を考慮しながら、決定は編集長がします」

生徒たちが少しざわついた。『みんな平等』という建前に慣れているいまどきの学生には、ちょっと強く聞こえただろうか。

「どの企画も、作家と編集者ががんばって考えたものだから、決して悪いものではないんです。どれを載せてもそんなに間違いではない。だけど、ページには制限がある。どれかを落とさないといけないんです。どういう作品を載せると雑誌が面白くなるか。売り上げが上がるか。それを考えて実行するのが編集長です。だから、掲載の決定権は編集長にあります」

　同時に、売り上げの責任も編集長にある。売り上げが悪いと責任を取らされるのは編集長だ。権利と責任はセットになっている。だけど、そのことを学生に言っても仕方ない。

「各編集者は作家と作品のことだけを考える。それをまとめた雑誌をどうするかを考えるのが編集長の仕事なんです」

伸光の説明を聞きながら、生徒たちは熱心にメモを取っている。そのしゃちこばった、だけど真摯なまなざしに応えようと、伸光も説明に熱がこもった。一通り説明が終わったところで、

「森野、色校を」

と、伸光が指示を出す。森野はあらかじめ用意していた封筒を差し出す。伸光が中から色校正の紙を数枚取り出すと、中学生たちは「わあ……」と、物珍しそうにその周りに群がる。

「これ、次の文庫の表紙ですね？」

「そう。今月末に発売の新刊の表紙です。この状態で、内容にミスがないかチェックをして、ＯＫだったら印刷に回します。ほんとうは校正紙よりイラストの現物をお見せできるといいんですが、いまどきはデジタルが主流だから現物はこちらにはないんですよ」

子どもたちの耳には伸光の説明は入ってないらしい。校正紙をめくって「あ、もうこれ新刊が出るんだ」とか「あ、この人の絵好き！」など好きなことをしゃべっている。

「きゃっ、ハガギンだ」

松川と名乗った生徒が嬉しそうに声をあげる。語尾にハートマークがつきそうな

しゃべり方だ。ハガギンというのは、『鋼と銀の雨がふる』の略称だ。もっとも、編集部内では「鋼と銀」で通っているが。

「ハガギン、好きなの？」

「はい、それで私たち、こちらに来たいと思ったんです」

松川の目はきらきら輝いている。

やっぱりそうか、と仲光は思う。「鋼と銀」は巻を追うごとに着実にファンを増やしている。一巻は十万部を超えても版を重ね、そろそろ十五万部になる。今月末に四巻が出るが、初版は五万部スタートを予定している。営業も強気だ。このシリーズは男の子だけでなく、女の子のファンも巻き込んでいるところが強い。取手の駅中書店の宮崎店長に言わせると、BLファンの心をくすぐる要素もあるのだそうだ。それがどういうものかはわからないが、女子受けするものは強い。疾風文庫のベースになっている男性ファンに加えて、女性ファンも上乗せされるからだ。

「これは口絵のカラー？　ヤバいヤバい、この翔也、まじカッコいい」

それまで優等生然としていた高田も、興奮して言葉づかいが素になっている。進学校の生徒と言っても、やっぱり中学生だな、と仲光の頬が緩む。

「鋼と銀」のイラストを手掛けるＭＩＺＵＨＯは女の子も可愛いが、それ以上に男性キャラクターが魅力的だ。最近のラノベには珍しい、かっこいい男が描ける絵描きなのだ。そこが女性人気の理由のひとつにもなっている。

「ハガギン、アニメにならないんですか？」

松川が尋ねる。ラノベのファンなら、当然期待することだろう。

「そうだね。たぶん、もうちょっとしたらそういうこともあるかもしれない」

伸光はあいまいな返事をする。アニメになるかならないかは、社内政治的なことも大きく影響する。映像化に伴う出資や宣伝など、金銭的な問題も付いて回るからだ。コミック重視のこの会社で、疾風文庫が映像化されるのはずっと先のことだろう。

「きっとアニメになりますよね。人気のあるラノベはみんなアニメになりますから」

高田が同意を求めるように、伸光の顔を見る。

「だといいですね。ところで、ほかに質問はありますか？」

伸光はこれ以上突っ込まれないように、話をはぐらかした。

伸光が生徒を送り出して部屋に戻った瞬間、松江と目が合った。何か言いたそうな目をしている。

「何か、あったの？」

　仲光が問い掛けると、待ってました、と言わんばかりに松江が近づいてきた。

「あの、また上田さんが」

「また何か言ってきたの？」

　ここのところ、松江の不満は『少年アンビシャス』の上田徹のことに集約される。売れ行き好調のコミック雑誌『少年アンビシャス』の人気連載『ジェッツ！』のノベライズを、松江が担当して疾風文庫で刊行することになった。その元のコミックの担当が上田なのである。

「はい。今度は主人公の家の描写が間違っていると」

「家？　どんなふうに？」

「主人公の部屋が二階にあるって書いてあるが、正しくは一階だ。そうでなければ窓から飛び出せないはずだって」

「まあ、それはそうかもな」

「小説では、部屋の窓のすぐ脇にある大木を伝って下りて行く、という設定にしたんですけどね……。それから、主人公が友人とゲーセンで遊ぶシーン、すべて削ってくれと。主人公はこんなふうに友人とつるんだりする性格じゃないからって」

　コミックを元に、小説家に物語を作らせる。それが原作とは違っていないか、原作者と原作の担当編集者にチェックをさせる。だが、原作者のＺＵＮＤＡのチェッら細かい。

クが入る以前に、担当編集者の上田が目を通すのだが、そのチェックの指示がやた

「ゲーセンのシーンって、結構ページ数あっただろう？」

伸光も松江から原稿を渡されて、目を通している。

「はい。そこでネットゲームで対戦している時に、そのビジュアルが実体化して主人公を襲うって展開になっているので」

「じゃあ、そこ落とせないじゃない」

「そうなんですよ。そこで主人公の能力とか、敵の存在の説明をしているんで」

「主人公が一人でゲーセンに行くんなら大丈夫なの？」

「それもダメみたいです」

「どうして？　よく書けてるシーンだと思うけど」

「さあ……。原作にないオリジナルな展開だから気に入らないんじゃないでしょうか。あの人は、原作至上主義だから」

松江が嫌味を言う。上田は二言目には『原作とは違う』と言い、こちらの提案をことごとくはねつける。上田はコミックに描かれているもの以外の描写や設定は、一切認めようとしない。

しかし、現実にはコミックをそのまま小説にするのは難しい。小説とコミックで

は見せ方が違うし、入っている情報の量も違う。コミックそのままを小説にするのは不可能と言っていい。また、ファンサービスのためにも、小説オリジナルな情報や物語を展開したいところだった。

「こんなにダメ出しされたんじゃ、姫野くんもやる気なくしちゃいますよ。タイトなスケジュールのところ、頑張ってくれているのに」

姫野紡というのが、ノベライズを手掛ける小説家だ。

「篠原さんも交えて打ち合わせするか。まだ第一章だというのに、こんなにあれこれ注文を付けられたら、この先どうなるか心配だからな」

篠原靖弘は『少年アンビシャス』の編集長だ。上田の上司にあたる。常識的な人なので、話はわかってもらえるだろう。

それにしても、メディアミックスというのは厄介だ。どこの編集部でもコンテンツ自体の売り上げが落ちていることから、単体で売るよりメディアミックスにして、売り上げ増を図る。そうして作品世界が広がっていくのは嬉しくはあるが、面倒でもある。関わる人間が増えるので、それに伴って交渉事や事務仕事も増えていく。作品を良くする以外のいろんな面倒が仕事を侵食していくのだ。

作品が売れるということは、面倒なことも増えていくってことだな。

伸光はぼんやりそんなことを思っていた。

3

その晩、彩加が仕事から家に帰りつくと同時に、スマートフォンがぶるぶる震えた。画面を見ると、友人の高梨愛奈からの電話だ。すでに三回目の着信である。彩加が気づかないので、何度も掛け直したのだろう。

「もしもし、いま家に着いたとこ。電話に気づかなくてごめん」

そう言いながら、彩加は肩に提げていたバッグを椅子の上におろし、やかんをコンロにかけて火を点ける。

『ううん、いいの。ちょっと彩加の声が聴きたいと思って。……いま、大丈夫？』

「うん、いいよ。どうしたの？　ちょっと元気ないんじゃない？」

『疲れているかな。……この前はありがとう。編集部を紹介してくれて』

「ああ、そんなこと。うまくいったのね」

『ええ。編集部の人が案内してくれて、印刷前の表紙とか、珍しいものをいろいろ見せてもらえたって、生徒たちはとても喜んでいたわ』

「それはよかったわ。紹介した甲斐がある。いまどきの子は本を読まないっていうけど、出版社を見学したいなんて、まだまだ本好きはいるのね」

『あの子たちは特別。読書クラブの子たちなの。普通の子はあんまり関心ないみたい』

「へえ、そうなの？　愛奈のところ、読書教育に力入れてるんでしょ？　いまどきは学校図書館に専門の司書を置くってのは珍しいって聞いたよ」

『学校の方針は、読書好きの子を育てたいってことだけど、現実は難しいわ。本なんか意味ないって子もいるし』

電話ごしに押し殺した愛奈の溜息が聞こえた。学校司書と聞くと恵まれているようだが、愛奈は愛奈なりにたいへんらしい。

「まだ就職したばかりじゃない。これからよ、成果が出せるのは」

『うん、そうね。まだまだめげてちゃだめよね』

「そうそう。頑張ろう」

お湯が沸いたので、彩加はティーバッグを出し、お湯を注ぐ。

『ありがとう。……ところで、再来週の日曜日、空いてない？』

「えっと日曜日だとどうかな」

バッグからスケジュール帳を取り出した。

「ええっと、再来週の日曜ね。……ああ。その日は空いてるわ。何かあるの？」

『うちの近所で、ブックイベントがあるの。小さいイベントだけど、企業とかお役所主催じゃなくて、一般市民が主催しているほのぼのしたイベントなの。国分寺は遠いけど、彩加も来れたらいいな、と思って』

「どんなことをやるの？」

愛奈の住む武蔵野地区は、取手に比べると本環境が充実している。愛奈からは一般家庭を開放して運営する家庭文庫の話も聞いたことがある。市民手作りのブックイベントがあるのも不思議ではない。

『一箱古本市はもちろんだけど、本を使ったゲームとか、ワークショップもあるみたいよ。会場の近くにはお鷹の道っていうちょっとした観光スポットもあるし、彩加に紹介したいカフェもあるの』

「へえ、いいわね。……うん、とくに予定もないし、久しぶりに愛奈にも会いたいから、遊びに行くよ」

『よかった！　じゃあ、再来週の日曜日に国分寺駅で。十時くらいに来られる？　ちょっと早いかな？』

「大丈夫だよ。早番の日とかは五時起きだし、全然平気」

『じゃあ、駅の改札出たところで待ってる。ほんと楽しみ』

愛奈の声が明るくなった。よかった、と思いながら電話を切ったところで、また電話が鳴った。着信を見て、どきっとした。『大田英司』とある。大田は彩加にとって友だち以上恋人未満、と言ったらいいような存在だ。

『もしもし』

電話の向こうから、大田のおだやかな声が流れてくる。

「はい、宮崎です」

『いま、電話大丈夫ですか？』

「はい、ちょうど家に着いたところですから」

『あの、再来週の日曜日なんですが、そちらの方に出掛けるので、お会いできないかな、と思って』

大田は彩加の故郷である静岡県の沼津市でパン屋を経営している。忙しいので、取手の方に来られるのは滅多にない。

「えっ、再来週の日曜日ですか？」

『何か予定はありますか？』

「その……休日なんですけど、友だちと国分寺で会う約束をしてしまって……」

電話の順番が逆だったら、と彩加は思う。大田の連絡が先に来ればよかったのに。

『そうでしたか、それは残念です』

「あ、でも夜なら大丈夫。友だちとは朝から会うので、夕方にはフリーになりますから」

『でしたら五時頃、東京駅近辺でも大丈夫でしょうか。その日中に沼津に帰らなければならないのですが、夕食だけでもご一緒できれば』

「はい、もちろん。私もその日中には取手に帰りますから」

これはデートの約束と言っていいのだろう。嬉しくて、どきどきする。

『駅の近くでいい店をご存じですか？』

「いえ、東京駅の方はさすがに……」

『じゃあ、僕がどこかお店を探しておきます。何かリクエストはありますか？』

「なんでも大丈夫です」

『じゃあ、お店決めたらまた連絡しますね』

「はい、楽しみにしています」

ほんとに楽しみだった。愛奈に会うのも、国分寺のブックイベントに行くのも楽しみだし、大田といっしょに食事するのも楽しみだ。楽しみなことばかりだ。

再来週の日曜日、いい日になりそう。

自然に鼻歌が出る。あと十数日。その日が待ち遠しくてたまらなかった。

4

「ご理解いただきたいのは、コミックと小説では見せ方が違うということです。コミックは絵の魅力だけで五ページでも十ページでももたせることができますが、それを文章に起こした場合、わずか半ページで終わるかもしれない。だから、コミックをそのまま小説にするのは不可能なんです。それより、心情を掘り下げるとか、設定的なことを説明するというような、小説として得意なことをちゃんとやった方が、面白いものになるんです」

　伸光の説明を、篠原はふんふんと感心したように聞いている。『少年アンビシャス』の編集長の篠原は温厚な人物で、仕事相手としたらやりやすい。しかし、部下の上田はそうではない。強張(こわば)った表情で黙りこくっている。

「それに、読者にとっても、コミックをそのままなぞったような小説では読む面白さがないでしょう。小説ならではの展開とかエピソードがあって、原作をより深く楽しめるものでないと、わざわざ小説を読む意味がない」

「それはそうですね」

　上田が黙りこくっているので、篠原が気を遣って相槌(あいづち)を打つ。上田だけでなく、伸光の部下の松江も黙ったままだ。微妙な空気が流れている。

「アニメのシナリオだって、コミックと同じというわけにはいかないでしょう？」

　伸光は場を少しでも和（やわ）らげようと、笑顔を浮かべている。

『ジェッツ！』はアニメ化の企画の話がいくつも来ている。いずれは実現されるだろうことを見越して、ノベライズを起（た）ち上（あ）げようという計画なのだ。アニメ化は出版社にとってはビジネスチャンスだ。原作のコミックのいい宣伝になるだけでなく、アニメの設定資料などの関連書籍も作って売り伸ばせる。ノベライズも、その戦略のひとつなのだ。

「アニメはほかの会社が作っているから、多少変わるのは仕方ない。だけど、小説は違う。イラストを原作者のＺＵＮＤＡ自身が描くんだし、そもそも同じ出版社が出すんだから、それは公式なものだ。そこに齟齬（そご）があってはいけないんです」

　それまで黙っていた上田が、こちらを睨（にら）むような顔で見ながら言う。相手が他部署の編集長だという配慮はまったくないらしい。

　やれやれ、困った奴だ。ほんとうに子どもっぽい。

　伸光は出掛かった溜息を押し殺した。

「でも、コミックとまったく同じにはできません。何をどう変えていいのか、どれがダメなのか、もうひとつわからない。主人公らしくない行動と言われても、何がそれらしくて、何がそれらしくないのか、その基準を教えていただけませんか？」

松江も強い口調で言う。実は松江の方も、上田に劣らず頑固でこだわるタイプなのだ。

「それは……」

「ＺＵＮＤＡさんはこの小説をどう思っているんですか？」

松江はさらに上田に食い下がる。

「まだ見せてません。僕が納得してないものを、作家に見せるわけにはいかない」

松江と伸光は顔を見合わせた。いままで散々ダメ出しされてきたのは、作家本人の考えもあるのかと思っていた。だが、上田の独断だったのか。

そうであれば、もしこれで上田からＯＫが出たとしても、作家本人にダメと言われたら、また一からやり直しだ。その面倒に、小説家の方は耐えてくれるだろうか。

その空気を察したのか、篠原が口を開いた。

「そこまで慎重にしなくてもいいんじゃないか？」

上田は露骨にむっとした顔をする。だが、篠原はそれを無視して、にこやかな態度を崩さずに話を続ける。

「僕はこの小説はよく書けていると思うよ。文章もしっかりしているし、作品をよく研究している。ノベライズもいろいろあるが、これは上等な部類だ。作家に見せて、意見を聞いてもいいレベルだと思うよ」

上田は黙っているが、下唇が突き出ている。さすがに直の上司に反抗することはないが、不満だという感じがありありだ。

「それより一度、ZUNDAさんと姫野さんを会わせたらどうかな。ここで編集者同士があぁだこうだ言うより、ZUNDAさんが小説についてどう思っているか、それを説明してもらったらどうだろう」

「それは……」

篠原の提案に上田はひるむ。

「原作者として何を守りたいか、何が嫌なのか、本人の口から言ってもらった方が、姫野さんも納得しやすいだろうし」

「だから、それは僕が代わりに伝えます。僕は誰より『ジェッツ!』のことをわかっていますから」

上田はムキになっている。上田は二十代半ばと年齢的に若く、ずば抜けて熱意はある。とくに自ら起ち上げた『ジェッツ!』に対しての愛情は並ではない。締め切り前はいつも作家の家に何日も泊まり込んで、消しゴムを掛けたり、食事を作ったりして手伝っているらしい。熱意がある分、妥協を知らない。ノベライズについても、ちょっとでも原作を逸脱するのは許さない、という勢いだ。

「それは十分承知しているよ。君がこれを起ち上げたんだし、誰よりも作品と作家を理解している。だけど、僕はＺＵＮＤＡさんのためにも、姫野さんと会ってもらう方がいいと思うんだよ」

「どうしてですか？」

「ＺＵＮＤＡさんだって、初めてのメディアミックスだ。いろいろと不安に思っているだろう。自分の作品を預ける姫野さんという作家がどんな人か、気にならないはずがない。君の口からどういう人かを聞くより、直接会って、自分の目でどんな人かを見て判断する方が安心するだろう」

「かえって不安に思うかもしれませんけどね」

　上田は憎まれ口を叩くが、篠原は意に介さない。伸光たちの方を見て言う。

「僕はそう思ってるんですけど、そちらはいかがですか？」

「それはいいですね。そうしていただければ何よりです。そうした方が細かいニュアンスなども直接伝わりますし、姫野さんも原作が好きで頑張ってくれていますから、その想いをわかってもらえれば」

　伸光が答える。松江もそれが何より、という顔をしている。

「ちょうど今号の仕事が一段落する頃です。顔合わせということで、食事会をセッティングしましょう。そうだな、エドモントの中華はどうかな？　ＺＵＮＤＡくんは中華好きだったね。姫野さん、中華でも大丈夫ですか？」

「ええ、もちろん」

松江が大きくうなずく。上田は不服そうな顔をしているが、黙っている。

「じゃあ、なるべく早めにやろう。上田、セッティング頼むよ」

「……わかりました」

上田はしぶしぶというように返事した。

「そちらで候補の日程を二、三挙げてくだされば、なるべくそれで調整します。姫野さんも喜んでくれると思いますので」

松江が答えると、篠原は念を押すように、

「では上田、今日中に先生の都合を聞いて、松江さんにお伝えして」

と、告げた。上田はしぶしぶ「わかりました」と答える。そのやりとりを見ていた伸光は思う。

そこまで確認しないと、動かない奴なのだろうか。

篠原さんもたいへんだなあ。

同じ編集長として、伸光はひそかに同情していた。

レストランの個室に入った途端、小説家の姫野はぱっと顔を輝かせた。そして、三人の真ん中に座っていた男に向かって挨拶した。

「ＺＵＮＤＡさんですね。姫野紡と申します。お会いできて嬉しいです」

編集長の篠原も担当の上田も席に着いていたが、姫野の目は正しくＺＵＮＤＡを捉えていた。もっとも、編集者たちはジャケットを着てホテルのレストランにふさわしい格好をしていたが、漫画家のＺＵＮＤＡはＴシャツにデニムにクロックスのサンダルというラフな姿をしている。ホテルの会食にそんな格好で来るのは、いかにも漫画家らしい。一方で姫野の方はリクルートのような黒のスーツにネクタイ姿だ。

「今日の日を、心待ちにしていました。ほんと、夢みたいです」

あからさまな喜びように、それまで硬い表情をしていたＺＵＮＤＡも、少し表情を和らげた。

「とにかく、席に座って」

隣に立っていた担当編集者の松江に促されて、姫野は席に着いた。松江と、その後ろにいた伸光もそれに続く。丸テーブルなので正面に座るとＺＵＮＤＡと話がしにくいと思ったのか、姫野は上田の隣の席に着いた。上田を挟んで、左右に作家と漫画家が座る形になった。

「実は僕、デビューされた時からZUNDAさんの漫画を読んでいるんですよ」

姫野は上田を飛び越えて、その先の漫画家に話し掛ける。

「えっ、ほんとうですか？」

「当時『アンビシャス』は毎号買ってましたから。高校生なのに、すごい人が出てきたなあって。あ、僕同い年なんですよ。だから、よけい印象に残っているんです」

「へえ、タメですか」

そう言いながらも、ZUNDAは姫野を警戒しているようだ。馴れなれしく話されるのが嫌なのかもしれない。

「作家としてのキャリアは、足元にも及びませんけど。……でも、もしかしてZUNDAさん、エルレとかお好きじゃないですか？」

「え、どうして？」

唐突な質問に、ZUNDAは驚いている。

「公式には発表されていないけど、作品のネームとかがちょっとエルレっぽいって思うことがあったし、そもそもデビュー作のタイトルが『サラマンダー』でしょ？おまけに主人公がタケシで、その親友がシンイチだし。ユウイチとヒロタカも出てくるし。それでもしかしたらって、ずっと思ってたんです」

「サラマンダー？　タケシ？」

間に座った上田は訳がわからない、という顔をしている。

「ELLEGARDENの六枚目のシングルのタイトルですよ」

ＺＵＮＤＡは上田に簡単な説明をすると、すぐに視線を姫野に戻す。

ELLEGARDEN、通称エルレは解散したバンドの名前だ。

「お察しの通り、キャラクターの名前はエルレのメンバーから採りました。でも、それを指摘されたのは初めてです。ありふれた名前だし、気づいた人がいたとは驚いたなあ」

ＺＵＮＤＡの方はすっかり機嫌よくなったようで、先ほどまでの強張った顔とは一転、嬉しそうに目尻が下がっている。

「僕もエルレ、大好きなんで。それもあって、ずっとＺＵＮＤＡさんに注目していたんです」

「そうだったんですか」

ふたりの距離が一気に縮まったようだ。しかし、それを遮るように上田が、

「ともかくオーダーしよう。ＺＵＮＤＡくんは何がいい？」

と、尋ねる。自分を抜きに話が盛り上がるのが面白くないのかもしれない。

「うーん、なんでもいいよ。いつものようにコースでも取って」

うるさそうにZUNDAは言う。

「じゃあ、この一番上のコースにしましょうか?」

篠原が言った言葉を、上田がさらに作家に念押しする。

「それでいいですね」

「うん、いいよ」

ZUNDAはろくにメニューも見ないで返事する。

「じゃあ、全員それにしましょう。……上田、オーダー頼んで」

篠原に言われて上田が席を立つ。個室なので呼び鈴があるのだが、それを使うより、部屋の外にいるウエイターに直接声を掛けた方が早いと思ったのだろう。上田が部屋を出ると、ZUNDAはすぐに上田の座っていた席に移った。

「それで、姫野さん、エルレでは何が一番好きなんですか?」

「僕はやっぱり最初のアルバムかな?」

「最初のって、どっちの?」

「そりゃ、ミニアルバムの方ですよ。あれは衝撃でした」

「やっぱり? そりゃ嬉しいな。僕もなんだ」

上田が戻って来た時、ふたりはすっかり打ち解けて、音楽談義に花が咲いている。誰も彼らのマニアックな会話についていけず、たまに「へえ、そうなんですか」と相槌を打つくらいだ。上田だけは自分の得意な話題に変えようと口を挟むが、「上田さんは黙っていて」と作家に言われる始末。篠原もにこにことふたりを見守っている。上田だけが、面白くなさそうにひとり皿を箸でつついていた。

それ以降、ノベライズのチェックは劇的に楽になった。なにせ、気の合った作家ふたりは編集者を差し置いて連絡を取り合い、こういう設定を入れたらどうか、このキャラにこういうことをさせたらどうかと話し合っているのだ。本当はそういうやり方をされるのは、編集部的には喜ばしいことではない。作品について担当編集者が関知しない部分が出てくる、というのがまず問題だ。編集者が作品をコントロールできなくなるという危険をはらんでいる。さらに、作家同士の関係性という意味でも警戒すべきことである。ふたりの関係がうまくいっているうちはいいが、関係が悪化した時、編集者が間に立って関係を取り持つことができなくなるからだ。

「ほかの作家ならともかく、姫野さんは大丈夫ですよ。賢い人ですし」

松江は楽観的にかまえている。ＺＵＮＤＡと話し合ったことについては逐一報告を入れるように、と松江は姫野に伝えていた。そうしないと、トラブルの元になると念を押したので、姫野は忠実にそれを実行した。そして、それを受けてネームをふたりで検討したので、原作者からは文句も来ない。

一方で、ＺＵＮＤＡの方はそれほどマメではなく、小説のことは最終的には小説の編集部で考えればいいことだから、と自分の担当の上田には何も話さない。その結果、松江たちにも上田が言うことが必ずしも作家を代弁するものではないことがわかってきた。ＺＵＮＤＡと納得ずくでやった変更について上田がＮＧを出すと「一応、原作者本人に聞いてくれませんか？」と松江が言う。そして確認すると、当然ＺＵＮＤＡからはＯＫが出るのだった。

そうしたことが二、三回続くと、上田はノベライズに対しての発言権を失い、ほぼ疾風文庫編集部のコントロールで進められるようになった。上田は納得いかないようだったが、原作者がノベライズの内容を喜んでいるので、文句の言いようもない。ただ、松江と会うたびに、上田の下唇が不満げに前に突き出ているのだった。

そんなある日、伸光は部長の相馬大輔に呼び出された。

「実は、急な話だが、来年四月からＮＨＫで放映されるアニメの企画を募集している」

「それは凄い話ですけど、四月だと十ヶ月後ですか。急な話ですね」

伸光は驚いた。前の会社でもメディアミックスは経験しているので、多少の知識はある。NHKの場合は民放よりも時間を掛けて制作する。十ヶ月前に企画さえ決まっていないというのは珍しいことだろう。

「詳しい話はわからないが、進めていた企画がどうも途中でぽしゃったらしい。それで、内々でうちに何かいい企画はないか、という打診(だしん)が来たんだ」

この会社では過去に何本もコミックがアニメ化され、ヒットしている。その関係で、相馬部長はアニメ関係者との繋がりも深い。

「今なら『ジェッツ！』じゃないですか、やっぱり」

内容的にも売り上げ的にも、次のアニメ化は『ジェッツ！』だろうというのは、伸光に限らず社内の誰もが思うことだ。

「もちろんそうだ。『ジェッツ！』が本命ではあるが、一本だけ出すというのもなんだから、もう一本くらい企画を出したいんだ」

「じゃあ、ダミーで？」

「まあ、そういうことだ。それで申し訳ないが、何か企画書を書いてくれないか？」

伸光は内心むっとした。実現の可能性はないが、頭数を揃えるために小説の企画を出せ、ということなのだ。

「うちだと『鋼と銀』になると思いますが……」

疾風文庫のオリジナルで、ヒット作と言えるのはまだこれしかない。先月、先々月にもいい動きをしている新作もあるが、それぞれまだ一作目なので、シリーズとして育つ見込みがあるかどうかはまだわからない。

「それでいいよ。手間を掛けさせて申し訳ないが、万が一そちらの方が気に入られて、アニメ化決定ってことになるかもしれないから」

相馬部長は、心にもないことをしれっと言う。当て馬だから、正直コンテンツはなんでもいいのだ。

「まあ、それはないでしょう。まだ三巻しか出ていませんし。……でもいいですよ。今企画書を作っておけば、いずれ役に立つかもしれませんから」

「なかなか強気だな」

「もちろん。ラノベの編集者としたら、アニメ化はひとつの目標ですから」

『鋼と銀』をダミー企画に終わらせない。いつか必ずアニメ化を実現する。それは伸光の意地だ。

「その意気だ。……とにかく企画書の方、急ぎで頼むよ」

「わかりました。今日中にはお持ちします」

伸光は一礼して、自分の席へと戻った。

「部長の話ってなんだったんですか？」

興味津々という感じで森野が聞いてくる。

「まあ、たいしたことじゃない。『鋼と銀』のアニメ化売り込みのための企画書を書いてくれって」

「えっ、もうそんな話が？」

「いや、ダミーだよ。ＮＨＫに『ジェッツ！』を売り込むんだけど、一本だけだと格好がつかないから、もう一本企画書が必要なんだとさ」

「じゃあ、当て馬じゃないですか」

「まあ、仕方ないさ。正直『鋼と銀』はまだアニメ化には早いと思うしね。巻数も足りないし。……どちらにしろ『ジェッツ！』のアニメ化が実現すれば、うちのノベライズも売れるだろうから」

だから、『ジェッツ！』を応援するためにやる仕事だ、と伸光は自分を納得させている。

「どうせなら、企画書だけでも派手にぶちかましましょう。関係者の目に触れるわけだし、印象に残る企画書であれば、何かの時に思い出してくれるかもしれませんから」

「ああ、それもそうだな。じゃあ、思いっきりはったりを書くか」

「文章ができたら、僕にください。イラストを取り込んで、派手に加工しますから」

森野はそうした作業が得意だ。パワーポイントを使って、見栄(みば)えのいい資料を作り上げる。今までも営業部へのプレゼン用の資料はほとんど森野が作っていた。

「じゃあ、書いたら送るよ。すぐ始めるから」

そうして伸光は作業に取り掛かる。こういう雑用は早く終わらせるに限る、と思いながら。

その日の店長会議は、本の森チェーンの新しい体制についての説明だった。前々からの噂通り、本の森チェーンに取次(とりつぎ)会社の資本が入ることになったのだ。取締役など上層部については多少の入れ替えはあったものの、現場レベルでは大きな変更はない。しばらくは現状の体制のままで行くという。各店長は、そのことをスタッフにも伝えるように、という話だった。それが伝えられると、会議の空気が緩(ゆる)んだ。言葉には出さないが、皆内心ほっとしているのがわかる。店舗の整理やリストラがあるのでは、と危惧(きぐ)していたのだ。彩加自身も安堵(あんど)していた。取手店は駅中店ということで店舗の家賃が高く、そのために経営は苦しい。店がオープンして一年

半近く。三年は様子を見ると言われているので、まだ猶予(ゆうよ)期間ではあるが、おおらかに構えていられる状況ではない。

売り上げ的には少しずつ上向いている。新しい上層部が様子見をしている間に、売り上げを黒字に持っていけるようにしなければ。

「三田村部長、お話が」

会議が終わって散会になり、大会議室を出るところで、彩加は直属の上司にあたる三田村部長を呼び止めていた。

「えっ？　ああ君か」

部長は不意打ちを食らった、という顔で彩加を見る。なんだか、顔色が悪い。

「あの、直販(ちょくはん)の申し込みがありまして、それで……」

「そう、じゃあ、あっちで話を聞こう。僕の方も、君に話さなきゃいけないことがあるし。……そこの部屋、空いているかな？」

そう言って、三田村は大会議室の隣の小部屋へと向かう。

私の方は立ち話ですむのだけど、部長の話ってなんだろう。

そう思いながら、彩加は三田村の後に続く。

「で、その直販というのは？」

小さな会議机に向き合って座ると、三田村が彩加を促(うなが)した。

「はい、これなんです」

彩加はバッグに入れていた見本の『紙と三日月』を取り出して、三田村に渡した。三田村はぺらぺらとページをめくる。熱のないまなざしだ。

「藝大の学生が作ったものですが、紙をページごとに変えるとか、活版印刷を使うとか、すごくこだわって作っているんです」

「これ、いくらなの？」

「三百五十円です」

「掛け率は？」

「一冊につき百円支払ってくれるというので、七一％くらいです。もちろん委託になります」

「ふうん」

三田村部長はおざなりに目を通すと、見本誌を机の上に置いた。

「いまちょうどお店で『藝大生が薦めるアートな本』フェアをやっているところです。そこにこれを置くと、映(は)えるんじゃないかと思うんです」

「フェアはいつまでだったっけ？」

「今月いっぱいです」

「じゃあ、いいよ」

あっさり許可が出て、彩加はほっとした。三田村部長は時にこちらのやる気を殺ぐような、物わかりの悪い指示を出すこともあるからだ。

「ありがとうございます」

「だけど、……それ以降については、ちょっと相談させてくれ」

「どうしてですか？」

その暗い口ぶりに、彩加は悪い予感を覚える。

「こんな時期にちょっと異例なんだが……」

三田村の言葉は歯切れが悪い。言いにくいことを言うためなのか、視線が下を向いている。

「君にはなんと言えばいいか、その……」

「どういうことでしょう。はっきりおっしゃってください」

彩加がそう言うと、やっと三田村は視線を相手に向けた。

「せっかく頑張ってきてくれたのに申し訳ないが、君の店は四ヶ月後には閉店させることに決まった」

「え、なんとおっしゃいましたか？」

閉店という言葉がとっさに理解できなかった。理解することを脳が拒否しているようだ。

「十月いっぱいで取手店は閉店することになった。つつがなく店を畳めるように、これからよろしく頼む」

三田村はそう言うと、彩加の視線から逃れるように、下を見た。

「そんな急に……。三年間は様子を見るというお話だったじゃないですか」

彩加の声が震えた。相手が部長ということも忘れ、責める口調になる。

「僕もそのつもりだった。……しかし、残念だが、状況が変わったんだ」

「状況が変わった……」

便利な言葉だ。それまでの約束も、そのひと言で反故にされる。それまで培ったものもすべて、そのひと言で叩き壊してもいいとされるのだ。

「君には本当に申し訳ないと思う。店舗の起ち上げからいろいろ頑張ってきてもらったのに、こういう結果になってしまって」

三田村の声には真摯な響きがある。自分に同情してくれているらしい。

「いつ決まったんですか？」

「先週の経営会議だ。新しい経営陣の強い意向で、取手店を含む三店舗の閉店が決まった」

「三店舗というのは？」

「取手店と、浦和店、赤羽店」

赤羽店、と口にした時、三田村の声がわずかに震えた。彩加ははっと気がついた。赤羽店は三田村自身が本部に移る前、十年間在籍した思い入れのある店なのだ。その店も閉店の対象になっている。

「これはもう覆らないんですね」

「ああ、そうだ。正式な会社の決定事項だ」

決定事項。その言葉が彩加の胸に重くのしかかる。

決定事項。自分が知らない場所で、いつの間にか決まっていた。

そんな大事なことが。

ひと言の弁明も許されずに。

私の店。私とスタッフとで作ってきた店なのに。

「君には、閉店の処理が終わるまで、取手店で頑張ってもらいたい。その後については これから考えるが、悪いようにはしないから」

三田村の声には気遣うような響きがあった。彩加は何も言えずに黙って頭を下げた。

その後、どうやって部長と別れ、池袋の本社から取手まで戻ったのかよく覚えていない。

気づいたら、取手駅の階段のところにいた。

視線の先に職場である本の森取手店が見える。レジのところで、アルバイトの田中がお客の相手をしている。彩加は、気づかれないように遠回りして駅の外に出た。

外はまだ明るい。夏至がもうすぐという時期だから、六時を過ぎても陽がまだ空にある。

駅の近くの自転車置き場から自分の自転車を出し、自宅に向かってゆっくりと走り出す。生温かい風が顔にあたる。駅前の喧騒（けんそう）から離れ、南側の住宅街の方へ入って行く。

頭が真っ白で何も考えられない。ペダルを踏む足は重く、漕（こ）ぐのがやっとだ。いつもは五分で着くところを、十分近く掛かってようやく自宅のアパートに辿りついた。玄関を開け、部屋に入る。今朝出た時のまま、カップが流しのところに置きっ放しになっている。今朝は寝坊したので、洗う暇（ひま）がなかったのだ。

家を出た時は、こんなことになるとは思わなかった。

四畳半のキッチンの先に、六畳ほどの洋間がある。机の上に持っていたバッグを放り出し、ベッドの上に寝っころがる。

なんだかもう、このまま動きたくない。

このまま眠って、目が覚めなきゃいいのに。

ああ、だけど明日も仕事だ。こんな気持ちじゃ職場に行けない。

誰かに代わってもらわないと。

彩加はバッグからスマートフォンを取り出し、登録してあるお店の番号を呼び出す。すぐに応答がある。

『お電話ありがとうございます。本の森取手店です』

田中の声だ。はきはきした、聞き取りやすいしゃべり方だ。

バイトを始めた頃は、もそもそと低い声でしゃべっていた。何度も注意したので、接客の時にはちゃんと声を出すようになったのだ。

ああ、一年間でこの子も成長したな。

そう思ったら、込み上げるものがあった。泣きだしそうになったのを無理に抑えたので、くぐもった声になった。

「宮崎です。田中くん？」

『はい』

「あの、体調が悪くて、明日出社できそうにないの。あの、誰か代わりに出てくれる人がいるかしら」

『明日何時からですか？』

「六時から閉店までなんだけど……」

『僕、大丈夫です』

「ほんとに？　小説の方はいいの？」

『ちょうど仕事の区切りだから……。それより、大丈夫ですか？　だいぶ体調悪そうですけど』

　田中の気遣いが嬉しい。以前はこんな風にまわりの人に気を配ることはできない子だった。

「たぶん疲れが出たんだと思う。明日寝てれば、大丈夫だと思うけど……」

『わかりました。お大事に』

「ありがとう」

　田中が代わりに出てくれるなら安心だ。接客はともかくレジとか品出しなどの作業においては、アルバイトスタッフの中でも田中がいちばん信用できる。慎重だし、機転も利く。小説を書いていなければ、フルタイムの書店員になることを薦めたいくらいだ。彼のようなバイトを育てることができたのは、私にとってもいい経験になった。

　それに、彼のおかげで楽しい思いもできた。版元の人といっしょに、ラノベのヒット作を作ることができたのだから。

彩加はふと、自分の思いが過去形になっていることに気づいた。

ああ、いろんなことがもう思い出になり始めている。取手店であったすべてが、過去の話になり始めている。

ふいに涙が溢れた。

どうして、店を閉めなきゃいけないんだろう。

まだスタートして一年半も経たないのに。

あの店は、私が一から作り上げた店だ。

何もないところからレイアウトを考え、選書をして、スタッフを集めて。

経験がないことばかりだから、叱られたり、途方にくれたり、迷ったりしながら、ようやくお店としてかたちになってきた、その矢先だったのに。

いろんな人に助けてもらった。応援してもらった。

お客さまや、取次の人、同じ会社の上司や先輩、書店員仲間。

それに、いっしょに働いてくれたスタッフ。

ひとりひとりの顔が浮かぶ。

みんな、なんと言うだろう。

店がなくなることを、惜しんでくれるだろうか。

バイトのみんなは、店がなくなったらどうするのだろう。

ここが好き、と言ってくれた子もいた。家でＰＯＰを作ってきてくれた子もいた。みんないい子たちだったのに、あと四ヶ月もしたらばらばらになってしまうんだな。

あんなに頑張ったのに。

人件費も経費も極力切り詰めてきた。最初は抵抗があったワンマン・オペレーションにも慣れてきたし、経費についても、それこそファックス用紙一枚だって無駄にしないようにしていたのに。

それでも、店の飾り付けはみすぼらしくしたくないとみんなで話し合い、工夫した。学生バイトの子は学校でカラーコピーを取ってきてくれたし、私が自腹を切って色紙やマスキングテープを買ったりしてきた。だから、常連さんにも『いつ来ても、ここの飾り付けは綺麗だね』と言ってもらえるようになっていたのに。

そういうことも、全部無駄になってしまうんだなあ。

こらえきれずに、嗚咽（おえつ）が漏れた。

自分の声を聞いて、ますます感情が抑えられなくなった。

悲しみの感情がどんどん胸に突き上げてくる。苦しいほどのその感情の嵐は、涙と声になって迸（ほとばし）った。

うああああん。

自分でも制御できない声。幼い子どものような一途な感情の奔出。

彩加は枕に突っ伏した。

それでも声は止められない。

ひとりぼっちの部屋で、彩加は号泣していた。

6

『今、第三会議室にいるんだけど、ちょっと来てくれる？』

コミック編集部の部長からの内線だった。いきなりなんだろう？　何か、部長に呼び出されるような案件があったっけ？

伸光は訝しみながら、二階にある第三会議室に向かった。第三会議室は狭く、せいぜい四人くらいで打ち合わせるための部屋になっている。

伸光がノックをすると、どうぞ、と中から声がした。

ドアを開けると、正面には部長がいて、もう一人、『少年アンビシャス』の篠原編集長が向かい合って座っていた。伸光の姿を見て、篠原編集長が、

「じゃあ、僕はこれで」

と、立ち上がった。その顔は少し強張っている。何か悪い知らせを受けたよう

だ。

　順番に面談ってことなのか？

　伸光と目を合わせないで部屋を出て行く篠原を、ぼうっと見送っていると、

「まあ、かけたまえ」

と、部長が促す。機嫌のよさそうな声だ。

「はい、では」

　伸光が腰を下ろすのを待ち構えたように、部長は話し始めた。

「この前の件だけど、決まったよ」

　何のことかわからず、伸光は「はあ」と生返事をする。

「ＮＨＫのアニメの話だ。来年四月から、ＮＨＫで『鋼と銀』の放映が決まった。しかも、二クールだ」

「ええ〜っ」

　驚きの叫びが出る。

「嘘でしょう？　『ジェッツ！』じゃないんですか？」

「先方がそっちを気に入ったんだから、仕方ない」

「ですが、まだ三巻しか出てませんし……」

　いずれはアニメ化とは思っていたが、いまの時点ではまだ早すぎる。これから作

家が頑張ったとしても、テレビスタートの前に出せるのはあと二冊。アニメ化として盛り上げるには、冊数が少ない。出版社としたら、アニメを機に、売れる原作の数が多ければ多いほど望ましい。コミックやラノベの場合はベースになるコミックや文庫本の単価が安いだけに、とくにそうだ。

「ここだけの話、どうやら最初に企画されて没になったオリジナル作品と『鋼と銀』は、世界観が似ているらしいんだ。それで、用意していた設定が少し使えるとか、そういう事情もあったらしい」

「現場ってことは、アニメ制作会社はもう決まっているんですか？」

「スタジオGIG（ギグ）だ。悪くないだろ？」

そこはオリジナルのヒット作をいくつも手掛け、名前の知られたアニメ制作会社の名前だ。クオリティも高く、ファンからの支持も高い。どの編集部でも、映像化するならここにしてほしい、と願うようなスタジオだ。

「それはそうですが……」

まったく予想外のことだったので、嬉しさよりも驚きの方が先に来る。

「なんだ、嬉しくないのか？」

「いえ、嬉しいです。嬉しいですけど、まだ信じられなくて……」

それに、『鋼と銀』は、小説としての評価がまだ固まっていない。そういう場合、アニメの出来が作品にも影響されてしまう。アニメの出来がよければいいが、そうでない場合には小説自体の評価まで下げてしまうことになりかねない。

「アニメになるとしたら、もっと先だと思っていましたから。まさかこんなに早いとは」

さらに、アニメ化されるとそこが作品のピークになってしまい、アニメが終わると同時に人気も下がってしまう危険もある。作家の構想では『鋼と銀』は十巻以上続く大河ドラマだ。その半分もいかないうちにピークが来てしまうのは、いろんな意味でまずい。作品自体の寿命を短くしかねない。

「俺も正直驚いたよ。『鋼と銀』がアニメ化されるとしたら、もうちょっと後だと思っていた。だけど、よかったじゃないか。世の中には、人気があっても映像化されないで終わるものの方が多い。それなのに、『鋼と銀』はＮＨＫだぞ。スタジオＧＩＧだぞ。しかも二クール。滅多にないビッグチャンスだ。『鋼と銀』は運がいい」

部長が珍しく興奮している。

コミックの映像化が多いこの会社でも、こんなに条件のいい映像化は滅多にない。しかも、ＮＨＫだから会社が出資する必要はない。民放であれば映像そのものに出資するか、ＣＭスポットを打つなどの条件がついてくる。それもないのだから、部長の機嫌もいいはずだ。

「そうですね、その通りだと思います」

リスクはある。だけど、たいへんなチャンスであることも間違いない。成功すれば『鋼と銀』だけでなく、疾風文庫自体も大きく飛躍できるかもしれない。

担当編集者として、ここは精一杯頑張って、作品を大きくしていくために力を尽くそう。

「とにかく、めでたい。これで疾風文庫の知名度も上がるだろうし、よかったじゃないか」

「はい。ありがとうございます」

伸光はなんとか笑顔を作った。これからいろいろ大変になるぞ、と思いながら。


「アニメ化、ですか？」

いつもは表情に乏しい原滉一の目が、大きく見開かれた。

「ほんとに？」

「ほんとです。来年四月から、ＮＨＫで二クール放映されることが決まりました」

原は沈黙している。

その沈黙があまりに長いので、伸光がおそるおそる声を掛けた。

「あの……何か問題でも？」

「いえ、びっくりして。ほんとに、僕の作品なんかでいいんでしょうか？」

「もちろんです。アニメを決める時にはコンペがあって、いくつか候補がある中から『鋼と銀』が選ばれたんですから」

「ありがとうございます。アニメ化がこんなに早く決まるなんて、信じられない」

原の声は震えている。日頃自分の感情をあまり見せない原が、喜びを抑えきれないようだ。

「よかったですね。ほんとうにおめでとうございます」

原の喜びを見て、伸光は映像化が決まってよかった、と初めてこころから思った。

「スタッフとかは決まっているんですか？」

「まだ正式決定はしていないのですけど、現場はスタジオＧＩＧに決まりました」

「スタジオＧＩＧ！　すごいところじゃないですか。ほんと、夢みたいです」

原の声は明るい。

「僕の小説がアニメになって、アニメ雑誌の表紙を飾るのが夢だったんです。ＧＩＧのアニメなら、きっと実現しますよね」

「うちの会社でもアニメ雑誌を出してますから、表紙になるのは間違いないでしょう」

「こんなに素晴らしいことが起こるなんて……いいのかな、ほんとに」

原は小説を書くまでずっと引きこもりだった。そのせいか、妙に自意識が低いところがある。

「大丈夫ですよ。もうちょっと巻数が出てからの方がよかったとは思いますが、作品の内容としたら十分アニメ化に耐えうる作品です。アニメ化できっとファンも増えますよ」

「ありがとうございます。ここまで来られたのは、小幡さんのおかげです」

「そんな……。すべては、先生の小説の力が引き寄せたんですよ」

そうなのだ。何がどうであれ、小説に力がなければ人は振り向かない。

自分だって……『鋼と銀』が力のある小説だと思ったから、それに見合う状況を作りたいと思っただけだ。

「それに、アニメ化となったら大変ですからね。放映開始までに二巻は上梓(じょうし)したいところですし、放映中にもできれば二巻、ね。それだけじゃなく、アニメのシナリオや設定のチェックなどもありますし、取材なども入ってくるでしょうし、これからは忙しくなりますよ」

「わかりました」

「ですから、この際執筆一本に集中されたら、と思います」

「それは……」

原の顔が曇った。それには賛同できないという気持ちらしい。

「すぐにとは言いませんが、そろそろお考えくださいね」

「わかりました」

よほど書店のバイトが気に入っているのだろう。前に提案した時にも、気晴らしになるから、と言って辞めたがらなかったのだ。

「それから、アニメ化についての正式発表は三ヶ月後になります。それまでは、絶対口外しないでくださいね。こういう時代ですから、情報が漏れるとあっという間に拡散してしまいます。そうなるとアニメ化自体に影響が出ないとも限りませんから」

「というと？」

「事前に噂になって、ネットでいろいろ物議を醸したりすると、アニメ化が中止ということにもなりかねません。正式に発表できるまではくれぐれも慎重にお願いします」

脅しに近い言い方だが、それくらい強く言った方がいい。作家自身がしゃべったことというのは、本人が思っている以上に大きく世間に広がるものだから。

「それは……厳しいですね。家族にも内緒ってことですか？」

「秘密を守れる方たちでしたら、かまいませんが……」

「……やめた方がいいでしょうね。うちの親は、息子の本を買ってまわり中に配ったりする人たちですから。弟も、友だちにしゃべりたくなるだろうし」

　原は家族と同居している。家族は皆、原の執筆活動を応援している。アニメ化の話を聞いたら、喜びのあまり周囲に触れ回るだろう。

「それなら言わない方がいいですね。三ヶ月の間お友だちに黙っているのは、弟さんの年では辛（つら）いでしょうから」

「はい。わかりました」

「話というのはこれだけ。とにかくおめでとうございます。もしこの後時間があるなら、軽く祝杯でもあげますか？」

　時間は五時を回ったところだ。夕食にはまだ早いが、せっかくだから作家と祝いたい気持ちがある。取手の近くはあまり詳しくないが、前に行った駅の近くのダイニングバーはよかった。自家製ローストハムが絶品だった。あそこにまた行ってみるか。

　伸光はそんなことを考えていたが、原の方は何か言いたげにもじもじしている。

「何か、まずいですか？」

「すみません……僕、この後バイトがあるんで」

「バイト？」

今日は金曜日だ。原のシフトは火曜、木曜、土曜の朝から四時まで。夕方以降は執筆にあてるので、バイトは入れないと言っていたのだが。

「店長が急病で倒れたんで、僕が代わりに……」

「そうなんですか」

「店長が休むのは珍しいし、ほかにやれる人がいなかったんで……」

原がくどくどしく言い訳をする。

「それでは残念ですが、またの機会に。これから打ち合わせすることも増えると思いますので、またすぐにお会いできると思いますから」

そうして、伸光は原と駅前で別れた。

そろそろほんとにバイトの方も辞めてもらわなきゃな。

と、伸光は改めて思っていた。

公民館に一歩入ると、そこはゆったりした空気が流れているようだった。

家から持ってきた本を並べて売っている人、椅子に座って子どもに読み聞かせをしている人、帯の文言から本のタイトルを当てるゲームをしている人、ボール紙と模造紙を貼り合わせて自分だけの本を作っている人……。そこここに椅子やソファが置いてあり、畳を並べてくつろげるスペースも用意されている。壁には自由に書き込めるリレー小説が貼り出されている。

「うわ……」

彩加は小さな声をあげた。なんとなく、なつかしいような、温かいような気持ちが込み上げてくる。

「どこから行ってみる？」

立ち尽くしている彩加の腕を、愛奈が軽く押す。今日は前から約束していた国分寺のブックイベントに来ていた。

「なんか、手作りっぽくていいね。小学校の頃とか思い出す」

「スポンサーがついてるわけじゃなくて、市民の有志が中心になってやるイベントだもの。だけど、いい感じでしょ」

「うん、面白そう」

彩加は中央のブックフリマのコーナーに行ってみる。十人ほど集まってお店を広げている。読み終わった本を売っている人が多いが、なかには手作りのしおりやブックカバーなどを売っている人もいる。

愛奈はそのうちのひとつの前で立ち止まった。そこでは翻訳ものの単行本ばかり並べて置いている。

「いかがですか？」

シートの反対側に座っている女性が愛奈に話し掛けている。本好きらしい知的な感じの女性で、愛奈や彩加の母親ほどの年代のようだ。

「翻訳ものばかりですね。嬉しいな。翻訳もの、もっと読んでみたいんですけど、結構高いから、買うのは躊躇しちゃうんです」

愛奈がお店の人に話し掛けている。

「そうですか。でも、翻訳ものって文庫で読むより、単行本で読みたいって思いませんか？　装丁もきれいなものが多いし」

床に敷かれたシートの上に十数冊ほど並んでいる。その中から、カズオ・イシグロの『夜想曲集』を愛奈が手に取った。汚れもなく、ほとんど新刊のような状態だ。

「それは音楽にまつわる短編連作で、カズオ・イシグロらしい、端正な文体がよかったですよ」

「そうですか。カズオ・イシグロは長編しか読んだことがないので、買ってみようる。

かな」

愛奈がお店の人と楽しそうに会話している後ろから、彩加はぼんやりと眺めている。

取手店が閉店する。

その話を聞いてまだ三日目。ショックから抜け切れないのだ。

しかし、この話を愛奈にはしていない。閉店については、正式発表される三ヶ月後まで、誰にも話をするな、と口止めされているのだ。

だから、今日もほんとは来たくはなかった。しかし、この後にも予定があったし、愛奈にもずいぶん会っていない。これから閉店に向けて忙しくなることを考えると、またいつ会えるかわからない。だから、来ることにしたのだ。

だが、やっぱり気持ちは沈み込んだまま、イベントの楽しげな雰囲気に、自分は染まれない。

愛奈が座り込んでお店の人と話を始めたので、彩加はひとりで奥の方へ歩いて行った。そちらにはソファが置いてあり、そこで「よみびと」というバッジをつけた女性が、四歳くらいの子どもに絵本を読んでいる。子どもは嬉しそうに聞き入っている。よく見ると、その周囲の椅子や床に敷かれた畳の上でも、同じバッジをつけた男女が、子どもやおとな相手に本を読んでいる。どうやら、彼らに頼めば、好きな本を読んでくれるらしい。

誰かに読んでもらいたい、という気分じゃないな。

ふらふらと歩いていたら、ふと小さなテントから出てくる女性と目が合った。彩加よりちょっと年上の、優しい感じの女性だ。女性はにこっと笑って、

「ビブリオマンシー、やっていきませんか？」

と、話し掛けてきた。

「ビブリオマンシーですか……」

彩加も、仕事柄内容は知っている。書物占いとも言われ、本を手にして、ぱっと開いたページの言葉がその時、その人に必要な言葉だとされる、というものだ。

「もし、お時間があれば、ぜひ」

女性の優しげなまなざしを拒むのは、なんとなく気が引けた。愛奈の方を見ると、誰か知り合いがいたのか、楽しそうに立ち話をしている。

だったら、いいかな……。

せっかく来たのに、何もしないで帰るというのもつまらない。だけど、ゲームをするような気分じゃない。ビブリオマンシーなら、相手が勝手に話してくれるから、こちらは聞いていればいいだけだろう。

「じゃあ、少しだけなら」

　靴を脱いでテントの中に入り、小さな座布団に座った。テントの中はオレンジか何か、柑橘系の甘い匂いがした。アロマを焚いているのだろう。

「では、よろしくお願いします」

　女性はそう挨拶すると、半分ぐらいファスナーを下ろした。

「まわりの音が聞こえないように、少しファスナーを下げますね」

　テントと言っても、公園で子どもの日よけ用に使うような小型のもので、ふたりも入ればいっぱいになる。そんな安直な密室でも、初対面の人と閉ざされた空間にいるというのは、ちょっとどきどきする。

「ビブリオマンシーは初めてですか？」

「ええ、まあ。でも、どんなものかは知っています」

　彩加の緊張をほぐすように、女性は再びにこっと笑った。

「書物占いとも言うんですけど、まあ、本を使った遊びのひとつと思ってもらえればいいんですよ。占いは、当たるも八卦ですから。でも、不思議とみなさん、その時に必要な言葉を引き当ててるみたいなんです。これをやって気持ちがすっきりしたとか、元気が出たと言われる方も多いんですよ」

「そうですか」

　女性の話し方は押しつけがましいところがなく、穏やかな低い声だったので、悪い感じはしなかった。

「手始めに、誕生日占いからいってみましょうか」

女性が黄色くて分厚い本を出してくる。

「あ、それ、読んだことあります」

大学時代に友人が買って、彩加のことも占ってくれたのだ。確か「なんでも手際（てぎわ）よくできる人」というような結果が出て、自分と違うなあ、と思ったのだった。それであまりいい印象がない。そう思っていることを女性は察したのか、

「そうですか。じゃあ、本番行っちゃいましょうか」

と言って、別の本を数冊並べた。

「どれか、お好きな本を選んでもらえますか？」

並べられたのは『青い鳥の本』『薔薇（ばら）色の鳥の本』。この二冊は、占いコーナーにあったのを覚えている。ビブリオマンシー用の本なのだろう。それだけではなく『超訳 ブッダの言葉』、佐藤愛子（さとうあいこ）『人間の煩悩（ぼんのう）』、西原理恵子（さいばらりえこ）『洗えば使える泥名言』、めしょん『世界でいちばんうれしい言葉』、岡崎武志（おかざきたけし）の『読書で見つけたこころに効く「名言・名セリフ」』など、言葉について書かれた本が並んでいる。女性好みの軽い本は嫌だったし、佐藤愛子や西原理恵子はその強さを好きで尊敬していたけど、へこんでいる今は逆にその強さが疎（うと）ましい気がした。それで、岡崎武志

の本を手に取った。

「これでお願いします」

「では、あなたにとって必要な言葉がみつかることを願いながら、その中の好きなページを開いてみてください」

そう誘導されて、本を両手で挟み、何も考えずにぱっと開いてみた。

『世界はあなたのためにはない』

という言葉が目に飛び込んできた。

はっと、息を呑むような、衝撃的な言葉だった。

彩加が何も言えずにいると、女性が本を手に取って朗読を始めた。

「これは雑誌『暮しの手帖』編集長だった花森安治の言葉。一九六六年に書かれたもので、『一銭五厘の旗』（暮しの手帖社）という随筆集に収められている」

低いがよく通る声が、その言葉に続く文章を読み上げる。しかし、その声は彩加の中には入ってこなかった。

『世界はあなたのためにはない』

なんという強い言葉だろう。

そして、いまの自分の気持ちに、これほどぴったりくる言葉はない。

会社は会社の論理で動いている。自分はただの駒にすぎなくて、ひとつの場所での働きがうまくいかなかったら、すぐに別のところへ置き換えられる。だが、自分が駒のひとつにすぎないのだとしたら、自分の感情はどうなるのだろう。

この気持ちは。この悲しみは。

いっそ、本当の駒だったら、こんな感情は味わわなくて済むのに。

「世界は、あなたの前に、重くて冷たい扉をぴったり閉めている。それを開けるには、じぶんの手で、爪に血をしたたらせて、こじあけるより仕方がないのである」

女性が読み上げる言葉が途切れ途切れに意識に入ってくる。

気づいたら、目から涙が溢れていた。彩加は声も立てずに涙を流し続けた。

「……しかし、この言葉は今も有効である」

読み終わった女性が目を上げて彩加の異変に気づいた。女性はテントのファスナーを素早く下ろすと、隅にあったティッシュの箱を彩加に差し出した。

彩加はティッシュを受け取り、それで鼻と口を押さえた。そうやって込み上げる嗚咽(おえつ)を押し殺している。こういう事態にも慣れているのか、女性は気配を消して、静かに佇(たたず)んでいる。

しばらくして、嗚咽が収まってきた。彩加は深く呼吸をする。何度か深呼吸をして、ようやく話ができるようになった。

「ごめんなさい。驚かせてしまって。あまりにも今の自分の状況にぴったりの言葉だったので」

「何か……お辛いことがあったのですね」

「ええ。仕事のことなんですけど、ずっと集中して取り組んできたことがうまくいかなくて、取りやめることになったんです。……それが悲しくて。自分が力足らずだという気がして、ほんと悔しくて……」

彩加はティッシュで鼻をかんだ。女性はよけいな言葉を挟まず、彩加が次に語る言葉を待っている。

「ここに書かれているとおりですね。世界は自分のためにはない。本当に厳しい言葉。でも、そう思って理不尽に耐えなければいけないのでしょうか？」

「さあ、どうでしょう。これが書かれた一九六六年は、働く女性の立場はもっと悪くて、仕事を続けようとすれば相当の覚悟がいる。そういう現実を、花森さんは教えたかったのでしょうね。女性のための雑誌を作り続けてきた人ですから、女性に対するエールだとは思うのですけど」

「ああ、そうですね。その当時に比べれば、きっと……。私でも人の上に立つことができたのですから。その頃は女性が出世することはもっと難しかったんでしょうね。そう思えば自分はまだ恵まれている。でも……」

再び涙が込み上げてくる。

「それでも、私の悲しみは悲しみなんです。もっと、なんとかできなかったのか。会社ももうちょっと考えてくれてもよかったんじゃないか。……だけど、ほんとに、そのとおりですね。世界は、会社は、私のためにあるんじゃない。別の論理で動いているんですね。私の論理とは全然別に」

「そうですね。でも、だからといってご自分を責めないでくださいね」

「えっ？」

「悲しいと思われるのは、あなた自身の論理があるからですよね。そこが会社と違っていたら、悲しみや怒りが生じるかもしれない。だけど、会社の論理は会社の論理。それがいつも正しいとは限らないでしょう。そこにうまく自分を適合させる人だけが善き会社員っていうわけではないですから」

　女性の言葉を呑み込むのに、しばらく時間が掛かった。そうして、こういうことだろう、と彩加は考えた。

　会社の論理に従って、唯々諾々（いいだくだく）と閉店にできるほど、私は取手の店の仕事をいい加減にはしてこなかった。一生懸命やってきたから、悲しみは深いのだ。会社の決定に怒りを感じるのだ。

　でも、どうせ短期間で閉店になる店なら、いい加減にやっていればよかった、とは思わない。取手の店を作るために考えたこと、行動したこと、スタッフとの関係を築いたこと、どれもみな自分の財産だ。

それで得た経験は私だけのもの。会社も消すことはできないのだ。

「少し……気持ちが楽になりました。『世界はあなたのためにはない』、でも、だからこそ自分を大事にしなければならないんですね。この冷たい世界で生きていくために」

女性はこちらの緊張が緩むような、温かい笑顔を浮かべた。

「ここから、そういう答えを導き出されたのですね」

「えっ？」

「同じ言葉を選ばれても、そこから受け取られるメッセージはみなさん違っています。言葉の解釈もばらばらです。そういう話を伺っていると、書かれている言葉はあなたに必要なメッセージをあなた自身が導くための触媒じゃないか、と思う時もあります」

「触媒？」

「答えは、いつもあなた自身の中にあるのかもしれませんね」

女性はそう言いながら微笑んだ。どこか謎めいた、モナリザのような微笑みだった。

「楽しかったね」

愛奈に言われて、彩加もかみしめるように言う。ふたりはブックイベントの帰り、JRの国分寺駅へ行く途中にある「ねじまき雲」というカフェに来ていた。

「うん、思っていたよりずっとよかった」

彩加の返事を聞いて、愛奈がほっとした顔になっている。わざわざ取手から呼び出したのに、つまらない思いをさせていたら、申し訳ないと思っているのだろう。

気を遣わせちゃったかな、と彩加は反省する。ビブリオマンシーが終わった後、しばらく何も話せなかった。泣いたことも、気づかれたかもしれない。

だけど、泣けてよかった。ああいう風に吐き出すことができたので、少しすっきりした。

「本を使ってああいう風にいろいろ遊べるって、いいよね」

愛奈がイベントの思い出を反芻（はんすう）するように言う。

「うん。帯のコメントから本のタイトルを当てるとか、単純だけど、意外と頭使うよね」

ビブリオマンシーの話をされると照れくさいので、彩加はほかの話にすり替えた。

「でも、彩加はさすがね。あっという間に全部当てたじゃない」

「そりゃまあ、これでも現役の書店員ですから」

彩加が軽口を叩くと、愛奈も安堵したように笑みを浮かべた。

そこに、珈琲がふたつ運ばれてきた。

「これこれ、ぜひこれを彩加にも紹介したかったの」

愛奈の前には珈琲、彩加の前にはカフェオレが置かれている。

「見た目はふつうよね」

「そうだけど、とにかく飲んでみて」

愛奈にせっつかれて彩加はぐっと一口含んでみる。

「うわ、これ……」

なんと形容していいか、彩加は口ごもった。

「なんだろう、ミルクと珈琲が戦っているみたい」

「でしょう。カフェオレって、安い店だと珈琲牛乳みたいになっちゃうけど、ここのはミルクも珈琲もちゃんと主張しているでしょ。」

「ちょっとほかにはない味だよね。こういうカフェオレもあるんだ」

珈琲の強い風味と、それに負けないミルクの味、それを引き立たせるために、ほんのり砂糖を加えてみる。味わいがさらに深くなる。

「ふつうの珈琲もおいしいよ。飲んでみる?」

「うん」

愛奈からカップを受け取って、彩加はブラックのまま飲んでみる。

「ああ、こっちも強い味だね。強いけど、まじりっけなくてすっきりしている」

「甘水(あまうず)って言って、ここのスタンダードの珈琲。私はいつもこれを頼むことにしているの」

「いいなあ、こういうお店が近所にあって。雰囲気もいいし」

ほの暗い店内はテーブルも椅子も棚も木作りの古道具。そこにきのこの形のランプや三日月型のオブジェ、大小さまざまな瓶などがセンスよく飾られている。過剰な装飾も音楽もなく、ゆっくりした空気が漂(ただよ)っている。

「取手にはないの?」

「いろいろおいしい店もあるけど、珈琲に関しては思いつかないなあ。……ところで、さっきのイベント、手作りですごくいい感じだったけど、お客さんは少なかったね」

取手を悪くは言いたくないので、彩加は話題を変えた。

「そうね。駅から遠いってこともあるけど、もうちょっと人が来るといいのにね」

「参加者もお客さんも、本が好きで、みんな楽しんでる感じだったのにね」

ブックイベントは駅から歩いて十分以上掛かる公民館で行われていた。そここで笑顔の絶えない、心地よいイベントだったが、来場者は多くはなかった。

「わざわざここに来る人たちはもともと本が好きだし、本を媒介に繋がっていくけど、ほんとは本に興味のない人にこそ、もっと来てほしいわね」

　彩加の言葉に、愛奈も大きくうなずく。

「そうだよね。だけど、それがいちばん難しいよね」

　愛奈の言葉には何か切実な響きがあった。彩加は少し不思議な気がした。愛奈の勤めている学校は偏差値も高く、読書教育にも力を入れているという。わざわざ専門の司書を置く学校自体珍しいはずだ。恵まれた環境で仕事をしていると思ったのだが。

「愛奈の勤めているところは、本好きの子どもが多いんでしょ」

「まあね。毎朝読書の時間があるし、読書好きな子は好きだけど、読まない子はさっぱり」

　愛奈は溜息を漏らす。

「今日ここに来たかったのは、何か本を使って子どもたちを楽しませるヒントがないかな、と思ったの」

　愛奈は溜息混じりに言う。

「いまの時代は、本以外にも楽しみがいろいろあるし、ネットがあれば本はいらなに。

愛奈は皮肉な笑みを浮かべた。以前の愛奈はそんな顔をする子ではなかったの

「偏差値の高い子の方が、案外そんなことを言うのよ」

「愛奈の勤めているような進学校でもそうなんだ」

い、と真顔で言う子もいるんだよ」

愛奈は愛奈でたいへんなんだろう、と彩加は思う。本嫌いの子相手に奮闘してい
るのかもしれない。

「だけど、ネットをいくら見ても、知性が身につくわけじゃない。ネットで手に入
るのは、しょせん情報だけ。ほんものの知性は、自分の頭で考えて、本を読んだ
り、調べたりしてはじめて構築されるものだというのに」

愛奈はこころに詰まっているものを吐き出すように言う。

「だけど、かわいそうだね、その子」

彩加はふと思いついたことを口にした。

「えっ、誰のこと?」

「本なんかいらないって言った子」

「どうして?」

「本の楽しさを知らないんだな、と思って。何度も何度も味わって、友だちみたい

にずっと傍にいてほしいって思う本が一冊もない人生って、寂しくないかな」

その言葉に、愛奈ははっとしたようだった。

「本の楽しさを知らない……」

「そういう本に出会えた私たちは、幸せだと思う。その子も、まだ出会いがないだけかもしれないけど」

彩加は愛奈に微笑み掛ける。自分たちは、よい本との出会いで進む道を決めた。本のある人生をこれからも歩んでいく。

「そうだね。その子にも、そんな本との出会いがあるといいね」

「そうだよ。その手助けをするために、愛奈がいるんでしょ」

それを聞いた愛奈は、一瞬泣きそうな顔をした。

「うん、そうだね。その通りだね」

愛奈は何も言わないけれど、やっぱり辛いことがあったんだな、と思う。

「前任者の尾崎きい子先生にも言われていたんだ。すぐに結果を求めるな、子どもたちは、少しずつ成長していくんだからって」

愛奈は溜息混じりに言う。

「だけど、目に見える結果が出ないと、気持ちがあせるんだよね。尾崎先生みたいにベテランで、子どもの扱いも上手だといいんだけど、私の場合、まだ一人前として認められてない感じ」

「一人前として認められていない？」

「うん。友だちというのでもないな。せいぜい近所のお姉さんみたいな。尾崎先生の評判がよかっただけに、自分ができないことがいろいろ目立つ気がして」

愛奈は姿の見えない先輩と自分を比べている。尾崎という人が傍にいない分、よけい幻想が膨らんでいるのかもしれない。

「先生らしく、とか考えなくてもいいよ。若くて威厳がないってことはそれだけ生徒に近いってことだもの。それだからできることだって、きっとあるはずだよ。それに、その尾崎さんという人だって、きっと最初から子どもの扱いに長けていたわけじゃないよ。若い頃はいろいろ悩んだり、ぶつかったりしていろんなことを身につけたんじゃないの？」

愛奈は黙って彩加の言うことを聞いている。

愛奈を励ましたくて、彩加はいろいろ言葉を重ねる。

「教育って、書店の仕事みたいにすぐに数字に表れるものじゃないもの。人のこころを育てることだもの。時間も掛かるよ」

「こころを育てる……。ほんとうにそうだといいんだけど」

「そうだよ、自信を持ちなよ。生徒たちだって、いま愛奈の言うことがわからなくても、十年後にわかるってこともあるんじゃない？」

「十年後にわかる？」

「私たちだって、高校時代には先生の言うことで耳に入ってこないこともたくさんあったじゃない。だけど、この年になってはじめて理解できることもある。そういうことの方が、自分自身にじわっと染みてくる」

「そうだね、ほんとうにその通りだ」

愛奈の表情が変わった。泣きそうだった顔が少し柔らかくなっている。

「教育って、それくらい長いスパンで影響力のあるものだから、短絡的な結果に一喜一憂しない方がいいよ。読書のよさだって、働き掛ければいずれわかるようになる子もきっといるよ。読書って楽しいし、その楽しみを知ってる方が幸せだもの。こころの偏差値はほかの人には見えないけど、読書ってそういうものを育てる役割があるんだし」

「こころの偏差値か。いい言葉だね」

愛奈は噛みしめるようにその言葉を口にした。そして、大きく深呼吸をしてから彩加に向き直った。

「やっぱり……今日、彩加に会えてよかった」

その顔は、いつもの穏やかな愛奈の表情をしていた。

「私も。誘ってくれてありがとう」

彩加も微笑み返した。

自分の言葉が響いたのが嬉しかった。少しでも友人の役に立った、という事実は、どん底の気持ちに少し光を与えてくれた。

辛いのは自分だけじゃない。

愛奈に負けないように、自分も自分の場所で頑張ろう、と彩加は思っていた。


大田英司が指定したお店は、東京駅の丸の内南口から五分ほど歩いたところにあった。煉瓦(れんが)造りのクラシックな建物の一画で、入口は奥まっている。彩加は表に出ている案内板でCafé 1894という店名を確認し、中に入って行った。

「いらっしゃいませ」

お店の人に予約の名前を告げると、すぐに奥の席に案内された。大田は先に来て、席に着いていた。大田は珍しくスーツを着込んでいる。

「遅くなってすみません」

「いえ、僕の方こそ、わざわざこんなところまで来ていただいて」

「素敵なお店ですね」

彩加は周囲を見回した。お店は漆喰(しっくい)の白壁に、床板や天井、柱などに使われたマホガニー材がどっしりとした存在感を漂わせている。外観同様、明治時代の洋館を思わせる造りだ。天井が高く吹き抜けになっていて、二階にあたる部分の壁沿いにぐるっと幅の狭いテラスが渡されている。

「すぐ隣に美術館があるので、その帰りに来たことがあったんですよ。東京駅近くで待ち合わせできる店というと、ここくらいしか思いつかなくて」

美術館を訪ねた後、ここに寄った時も、女性といっしょだったのだろうか。彩加の胸にちくりと疼くものがある。

「とりあえずビールにしますか？」

「ええ」

「おつまみも何か取りましょう。何がいいですか？」

「そうですね。何かお薦めはありますか？」

「久しぶりに来たので、何がいいかは忘れてしまいましたけど……まずはフィッシュ＆チップスはいかがでしょうか。それに、サラダでも」

「はい、じゃあそれで」

オーダーすると、すぐにビールが運ばれて来た。

「じゃあ、久しぶりの再会に乾杯」

グラスをかちんと合わせた。目の前に、大田の優しいまなざしがある。閉店騒ぎで落ち込んでいるこんな時でも、大田とこうして向かい合っていると気持ちがときめく。そんな気持ちを抑え込むように、彩加は会話をする。

「今日はどうして東京へ出て来られたんですか？」

「妹が婚約したんです。それで、親戚一同の顔合わせがあって。不肖の息子ですけど、たったひとりの兄妹ですから、出ないわけにもいかず」

「そうだったんですか。それはおめでとうございます。妹さんはおいくつなんですか？」

「僕より六歳年下だから……今年二十四歳かな」

「じゃあ、ちょっと早かったですね」

「学生時代からのつきあいなので、長すぎた春にならないうちに、って思ったんでしょう。妹は昔から要領のいいやつでしたから」

妹さんがいるんだ。いままで知らなかったな。

考えてみれば、この人のこと、私はちっとも知らない。そう、関係が近づいたかな、と思っても、次の瞬間には礼儀正しい友人に戻ってしまう。好意は持ってくれていると思う。だけど、それ以上、こちらに踏み込んでこようとはしないのだ。

「それで、一日窮屈な思いをするだろうから、彩加さんにお会いしてリフレッシュしようと思ったんです。なので、ここは僕に奢らせてくださいね。勝手な都合で彩加さんを呼び出したんですから」

「いいんですよ。そんなこと。私の方こそ、伯母がお世話になっていますし。あちらの方は、皆さんお変わりなく？」

大田は沼津の駅前にある商店街でトルコパンの店を開いている。隣は彩加の伯母が経営する本屋である。伯母の店の喫茶コーナーでは大田の店のパンを売っており、何かと関わりも深い。

「ああ、そうだ。前田さんから預かっているものがあるんです。忘れないうちに渡しておきますね」

そう言って、大田は紙袋を彩加に手渡した。

「なにかしら」

覗き込んだ彩加は、思わず微笑んだ。中に入っていたのは見慣れた冨久屋という包紙。中身は沼津名物のロールケーキに違いない。シュー皮にくるまれたスポンジの柔らかさとクリームのバランスが絶妙で、彩加も帰省のたびに買っていくものだ。

「伯母さんったら、わざわざ大田さんにこんなものを持たせるなんて」

「彩加さんに喜んでほしかったんでしょう。優しい伯母さんですね」

「お荷物になるのに、わざわざありがとうございました。大田さんが傍にいてくださるので、ほんとに助かります」

「いえいえ、こちらこそ前田さんにはお世話になっています。僕にとっては、沼津の母のような存在ですから」

大田もやさしい目をしている。伯母のことをよく思ってくれるのは、身内として彩加も嬉しい。しかし、大田はふと暗い目になって言う。

「ずっと前田さんのお近くで仕事できればいいんですが」

「どういうことですか？」

「実は、僕が借りている店のビルが建て直すことになりまして、近いうちに出て行ってほしい、と言われているんです」

「えっ、そうなんですか？」

「うちの店も少しは名前が知られてきたし、なるべく今のお店に近いところで続けたいと思っているんですが、なかなか条件の合う物件が見つからなくて」

彩加の胸がちくん、と痛む。伯母の店と隣同士。だから、大田と自分は特別な繋がりがあると思っていた。だけど、引っ越してしまえば、その関係も薄くなってしまうだろう。

「伯母が寂しがるでしょうね。大田さんのことを、すっかり頼りにしてましたから」

「ええ。前田さんは僕が引っ越すなら、自分も同じタイミングで本屋を畳む、なんておっしゃってるんですよ」

「また伯母はそんなことを。伯父が亡くなった時も、もう本屋をやめたい、なんて言ってたんですよ」

「前田さんは、彩加さんに戻ってきてほしいんですよ、やっぱり。だけど、彩加さんが取手の方で店長として頑張っていらっしゃるから、それを辞めろとは言えないんでしょうね」

彩加は胸を衝かれた。以前、伯母の店を継いだらどうか、と母に言われたのを、無下に断ってしまったのだ。

こんなふうに、取手の店を閉めることになるなら、あの時、母の願いを引き受けておけばよかったのだろうか。

「前田さんは、自分が店を畳むからその後に僕がパン屋をやったらどうか、とまでおっしゃるんです。そうすれば自分も身体が楽になるし、僕の商売もブランクなく続けられるだろうから、って」

伯母の店は持ち屋である。住居は別にあるから、借り手があるなら店を人に貸して、そこのあがりで悠々自適の隠居生活を送りたい、そう思っても無理はない。

「……大田さんは、その話、引き受けられたのですか？」

「いいえ、まだ。僕は彩加さんの気持ちを聞かないと、返事はできないって言ってあるんです」

「私の気持ち？」

「ええ。彩加さん、いつかは沼津に戻るつもりではないのですか。そういうつもりだったら、彩加さんが帰る場所を僕が奪うことはできないって思うんです」

彩加は絶句した。

自分が帰るべき場所。

沼津はそうなのかもしれない。

閉店のタイミングでこういう話が来た、ということは、そろそろ沼津に戻れ、ということなのだろうか。

だけど、まだ早い気がする。まだ本の森書店という大きなチェーンで、いろんなことを学べるはずだ、と思っている。沼津に戻るのはもっと先のつもりでいたのだ……。

「お待たせしました」

ウエイトレスが料理の皿を運んできた。おいしそうな揚げ物の匂いが漂っている。

「いきなり深刻な話になってしまいましたね。ともかく、食べましょうか」

彩加が絶句しているのを見て、大田は気を利かせて話題を変えた。

しかし、彩加は食べ物が喉を通る気がしなかった。頭の中は混乱して、呆然としたまま箸を取れなかった。

「じゃあ、僕はこっちに行きますので」

沼津に帰る大田は、東海道線の乗り場の方を指差した。食事が終わるとふたりはまっすぐ東京駅に来ていた。取手に帰る彩加は山手線で日暮里に向かい、そこから常磐線に乗り換える。

「ほんとはもっとゆっくりしたかったのですが、明日が早いので、すみません」

「それは、私も同じですから」

「近いうちに、前田さんに連絡取ってみてください。いろいろとお話しされたいこともあると思うので」

大田は遠回しに、お店の今後のことを伯母と話し合え、と促している。

「わかりました」

と、彩加は答えたが、気持ちが混乱している今は、まだ伯母の店のことまで考えられないと思った。電話を掛けるのがいつになるか、自分でもわからなかった。

8

目的のスタジオは中央線の三鷹駅にあった。伸光の自宅は中央線の西荻窪にあり、三鷹はそこからふたつ郊外に下った駅である。直行直帰にはいい場所だ。三鷹は過去に担当した漫画家が住んでいたこともあり、何度か来たことがある。駅の南口で降りて、人通りの多い商店街をだらだら南へ十分以上歩く。店も少なくなって、住宅街に差し掛かる辺りで、伸光といっしょに歩いていたメディアミックス事業部の小林良壽が、ふと立ち止まる。

「ここです」

そこには黒いビルが建っている。ハイグレードなものではなく、ごくふつうの、細長い五階建ての雑居ビルだ。一階にはコンビニが入っており、二階以上は事務所などが入っている。築四十年は経っているだろう。古びていて管理人室もない。

こんなところに、一世を風靡したアニメ制作スタジオが入っているのか。

伸光は嘆息する。アニメ業界は儲からないと言われるが、本当のことらしい。

コンビニの横にあるビルの入口を入ると、壁際に郵便受けがある。それを見ると、二階以上はスタジオＧＩＧがすべて借りているようだ。

スタジオＧＩＧはプロデューサーの郷田一弥、演出家の石破宏信、アニメーターの郡司颯太の三人が中心になって、二十年ほど前に作られたスタジオだ。会社名も、その三人の頭文字を組み合わせてつけたものである。石破の監督作品も何本も作っているが、それよりもフリーの演出家の小泉謙介が監督した作品の方が有名だ。小泉は独特な世界観を持ち、個性の強い演出を手掛けることで知られている。小泉とスタジオＧＩＧが組んだ作品は日本国内だけでなく海外でも高い評価を受け、著名な賞をいくつも受賞している。

スタジオＧＩＧがアニメを手掛けると聞いた時、伸光も小泉の監督を期待したが、小泉は最近では映画作品が中心で、テレビシリーズの仕事は受けていないという。それでスタジオの中心人物の石破宏信が担当することになった、と聞いた。石破は突出した個性はないが、手堅い演出で知られ、原作もののヒットアニメをいくつも手掛けている。悪い人選ではない。作家性が強すぎて、ともすれば原作を自分のカラーに染めてしまう小泉監督よりも、適任かもしれない。

今日はその石破監督と郷田プロデューサー、そのほか主だったスタッフへの挨拶に来たのだ。

「今日は軽く挨拶だけ、ということにしています。シナリオの河原市朗さんもいらっしゃるそうなので、最初の顔合わせということで」

「もうシナリオも決まっているのですか？」

「ええ。ＮＨＫで最初やるはずだったオリジナルストーリーのスタッフが、どうやらそのまま関わるみたいですよ。作画監督も郡司さんだそうですから、スタジオＧＩＧとしたら、ベストに近いメンバーじゃないでしょうか」

小林は嬉しそうだ。小林は出版社側のプロデューサーになる。テレビ局やアニメ会社との交渉や、金銭面についての調整などを担当する、出版社側のアニメの責任者である。編集者である伸光は、作家の代弁者としてアニメの内容をチェックする立場にある。

「はあ、それはよかったです」

どんな仕事でもそうだが、よいものを創るためには関わるスタッフの技術と熱意が重要だ。それはアニメーションでも同じだが、近年アニメの制作本数の増加で、優秀なスタッフは奪い合いの状況にあるという。スタジオＧＩＧは引く手あまたの人気スタジオだったから、『ここが受けてくれたのは奇跡に近い』と小林は言う。

「アニメの人たちは、利害よりも情で動く部分が大きいんですよ。仕事が気に入れば、こちらの期待以上の働きをしてくれる。だけど、嫌だとなったら本当にドライな仕事になります。スタッフのやる気というのは、みごとに作品に出てしまうものなんです」

だから、アニメスタジオの人たちに嫌われないように、と念を押されたのだ。小林は五十代のベテランで、会社のメディアミックス担当として、いくつもヒット作を手掛けている。彼の言うことなら間違いはないだろう。
　五、六人も乗ればいっぱいになりそうな狭いエレベーターで、最上階の五階に向かう。古いからなのか、エレベーターはやけに遅く感じる。階段で行ってもよかったかも、と思い始めた頃、五階に着いてドアが開いた。五階は左手には小部屋が、右手は低いパーテーションでいくつかに仕切られている。小林の後に続き、小部屋に入って行くと、中は机が五、六個並んでいる。アニメスタジオだからと言ってとくに変わったインテリアではなく、飾り気のない事務机にスチールの本棚やロッカー、黒のビニールシートの応接セットなど、どこの会社でも見られるありふれたものだ。壁にいくつか貼られている派手な色使いのキャラ絵のポスターがなければ、アニメスタジオらしさはどこにもない。
「おはようございます。小林です」

　部屋にいた数人が、いっせいにこちらを向いた。一番奥の机に座っていた男性が、

「ああ、いらっしゃい。お待ちしていましたよ」

　ひょろっとした長身で、茶髪(ちゃぱつ)にTシャツのラフなスタイルをした四十男が愛想よ

く返事をした。その顔は、雑誌などで見たことがある。業界では敏腕プロデューサーと名高い郷田だ。

「今日は『鋼と銀』の担当編集者の小幡を連れて来ました」

小林に促されて伸光は挨拶する。

「疾風文庫の小幡です。よろしくお願いします」

郷田は乱雑な机の上をがさがさとかき回して何かを探している。

「えっと、どこに置いたっけ……あった、あった」

取り出したのは名刺入れだった。それを持って、こちらに近づいて来た。

「郷田です。よろしくお願いします」

名刺には名前と、スタジオＧＩＧ代表取締役社長と書かれていた。伸光も名刺を渡すと、

「ほお、疾風文庫の編集長さんですか。だったら、話が早くていい」

「は？」

何のことかわからず、伸光は聞き返した。

「編集長なら、だいたいのことは自分で決裁できるでしょう？　若い担当だと、すぐ『上司に話を通してから』と言うから面倒で仕方ない。じゃあ、会議室の方に行きましょうか」

「はい。……あの、これ、会社の近くのお店なんですが、わりと評判がよくて。よろしければ、みなさんで召し上がってください」

小林が手土産に持って来たお菓子を差し出す。神楽坂にある老舗の和菓子屋の大箱だ。

「おお、これはいつもありがとうございます。……有田さん、あとでこれも持って来てね。それから、石破と郡司を会議室に呼んどいて」

有田と呼ばれた女性に包みを手渡すと、郷田は部屋を出て、同じフロアにある会議室へとふたりを誘導した。まもなく、有田がお茶を運んで来た。「お持たせですが」と、お菓子も添える。郷田はすぐに菓子に手を出し、包みを開きながら、

「ちょっと待っててくださいね。すぐにふたりも来ると思いますから」

と言う。そして、いかにもうまそうに菓子にかじりついた。郷田は酒が一滴も呑めず、その代わり甘いものには目がないのだ、と後から小林に聞いた。酒の接待ができない代わりに、こうして上等なスイーツを差し入れするのだそうだ。

郷田は自分だけ食べているのが悪いと思ったのか、「おふたりもどうぞ」と薦める。小林は「いただきます」とすぐに菓子に手を出したが、和菓子が苦手な伸光は黙ってお茶を飲むことしかできない。と、ノックの音がした。

「どうぞ」

郷田が大きな口を開けて、和菓子の残りを口の中に押し込みながら返事をした。

「失礼します」

と言って、男が三人入って来た。そのうちふたりはなんとなく見覚えがある。おそらくアニメ雑誌か何かで写真を見たのだろう。

「えっと、紹介します。こちらから、監督の石破と作監の郡司、脚本の河原さん。こちらは……えっと」

郷田が言い淀んだので、小林が代わりに挨拶する。

「こちらは『鋼と銀の雨がふる』の担当編集者で、疾風文庫編集長の小幡、僕はメディアミックス事業部の小林です。よろしくお願いします」

それから名刺交換会になる。それぞれに名刺を配り合うと、席に着いた。郷田がいちばん奥に座り、その横に石破、郡司、河原の順に並んだ。それに向き合う形で伸光と小林が座った。三人とも年の頃は四十代半ば、業界ではベテランの部類に入るだろう。演出の石破宏信はでっぷりと恰幅がよく、眼鏡を掛けている。一般にイメージされるオタクそのものの雰囲気だ。河原市朗はその逆で、服を脱いだらあばら骨の形までわかりそうな極端な痩せ型。アニメーターの郡司は中肉中背で白いシャツが似合う感じのいい男性。人柄もよさそうで、愛想よくこちらに微笑んでいるが、ほかのふたりは妙に警戒したような顔でむっつりしている。

まずいな、と伸光は思う。監督と脚本家は作品の方向性を決める存在だ。そのふたりが作品に好意を持ってくれないと、アニメの成功はおぼつかない。

「まあ、今日は顔合わせということで。これから一緒に仕事するので、お互い仲良くやって行きましょう」

郷田が言い終わらないうちに、石破が口を挟んだ。

「原作者の方はいらしてないんですか？」

「いずれご挨拶に参りますが、今日は最初ですし、とりあえずは自分だけでと思いまして」

伸光はにこやかな調子を心掛けてしゃべる。しかし、石破はむっとしたまま言葉を続ける。

「原作者は今回のアニメ化についてはどう話をされているんですか？」

切り口上の質問だ。伸光は表情を変えずに返事をする。

「非常に喜んでいらっしゃいます。全国ネットで、最高のスタジオでアニメ化されるのは運がいい、と」

伸光は実際の原の態度よりもややオーバーに伝えた。アニメ化を喜んでくれたのは間違いないから、問題ないだろう。しかし、そのお世辞を意に介さず、

「それで、どんなふうに関わりたいと？」

石破が畳み掛けるように質問する。伸光は質問の意味がわからず、聞き返す。

「それは、どういう意味でしょうか？」

「だから、自分でシリーズ構成もやるのか、少しは脚本を書くつもりがあるのかどうか」

「シリーズ構成？」

「シナリオの取りまとめ役ですよ」

複数の脚本家がテレビシリーズなどを手掛ける場合、作品によってばらつきや内容的な矛盾(むじゅん)が生じるおそれがある。それで、チーフになる脚本家を決めて作品のクオリティコントロールをする。その役職をシリーズ構成という。通常ベテランの脚本家が担当し、脚本内容についてはある程度の権限や決定権を持つことになる。

伸光も、コミック編集者時代に担当作品のアニメ化は経験しているので、少しは知識はある。シリーズ構成の役目くらいは理解している。

「それは知ってますが、なぜ原作者がシリーズ構成をやるのか、と？」

「ラノベ原作のアニメ化では、それが今の主流じゃないですか」

ラノベ作家の中には、過去にゲームやアニメのシナリオを手掛けたり、その手伝いをしていたりする人間も少なくはない。そういう経験があれば、シリーズ構成もできないことはないだろう。しかし、原のキャリアと性格ではとても無理だと思う。

「しかし、原先生はシナリオの経験はありませんし、いきなりシリーズ構成では荷が重いかと……」

　そもそも、シリーズ構成をやるとなると、毎回シナリオ会議に出なければならないし、すべてのシナリオに目を通し、修正や変更まで考えなければならない。アニメ化の期間中に一冊でも多く小説を書いてほしい伸光の立場としては、原にアニメのシリーズ構成をやれ、とは言えない。

「そうは言っても、何もやらないで口だけ出されても困るんですよ。原作者がどうであれ、実際に作るのは自分たちですから」

　石破は唇を尖らせて言う。

　この人はなぜこんなに喧嘩腰なんだろう、と伸光は思う。

「もちろん、そちらのお仕事を邪魔するようなことはしません。最低限原作者としてのチェックをさせていただきます。あきらかな事実誤認とか、原作の意図と大幅にずれているような場合は修正をお願いしたいと思いますので」

　その辺をちゃんとやるのは、原作者とその出版物を刊行する編集部の義務だと思う。原作を愛し、アニメ化に期待しているファンのためにも。

「最初はそう言ってても、あとで面倒なことを言い出す原作者も多いんですよ。小説の作り方とアニメの作り方は根本的に違いますから、途中からの修正は難しい。だったら、最初からスタッフに加わってもらってアニメの内容に責任持ってもらった方が、原作者本人の不満はないし、こっちとしてもやりやすい。我々はそう思っているんです」

「そうは言っても、先生は茨城(いばらき)に住んでおられますし、そこからここに通うのはちょっと……。それに、アニメ化に合わせて原作の執筆も進めなければなりませんから」

仲光が言うと、石破と河原は顔を見合わせている。何が問題なのだろう、と仲光は思う。

「まあ、その辺はおいおい話すとして、ともかくこのメンバーでこれからやるということで。まあ、仲良くやりましょう」

郷田は目の前の激しいやりとりがなかったかのように、ひょうひょうとした口調で話をまとめた。

最初からこんな調子で大丈夫だろうか。

仲光は気づかれないように静かに息を吐いた。

「すみませんでした。いきなりヘビーな打ち合わせになってしまって」

帰りの電車の中で、同行していた小林が伸光に謝った。

「いえ、小林さんのせいではありませんから」

「僕は出版社の人間だから、原作ものの映像化ばかり手掛けてますけど、なかなか難しいところはありますよ。映像サイドと原作サイドの両方が満足するっていうことは滅多にない。映像制作側が原作のファンで、自分たちから映像化したい、と言ってくる時はいいんです。原作を尊重してくれますからね」

「そうじゃない場合は？」

「揉めますね」

「教えてください。具体的にどういうことで揉めるんでしょうか」

これからアニメ制作に関わっていく以上、いろいろ知っておいた方がいいと伸光は思う。

「原作が小説であれコミックであれ、映像の文法とは違うでしょ？　文章だから面白いけど、そのまま映像にしたらつまらない、という場合も多いんです。それで映像映えするように変えると、原作者が激怒したり、とかね」

「なるほど」

そういうことは、コミックのノベライズでも起こることだ。

伸光はコミック編集者の上田のことを思い浮かべた。

ああいうタイプの編集者や作家は、原作に少しでも手を加えることを許さない。原作への冒瀆(ぼうとく)だ、と言うのだ。

「映像制作側としたら、いいものを作ろうと思っての変更なのに、映像音痴の原作者が勝手なことを言って、と怒るわけです。この場合は、原作側が悪いと僕は思います。立場上、言いませんけどね」

「まあ、そうでしょうね」

自分もノベライズに関して、思うことを上田には言わなかった。言ったところで、原作至上主義に徹している上田に理解してもらえるとは思えなかったのだ。『ジェッツ!』で商売するんだからこっちの言い分に合わせろ、と言うに決まっているからだ。

小説のことを何もわからないのに、原作者風を吹かせやがって、と言いたい気持ちはあったのだが。

これをアニメに置き換えれば、自分は原作側なので発言権が強い。細かい直しを要求して、アニメ側から原作者風を吹かせて、と言われないようにしなければ。

「また逆に、映像側が自分のやりたいことをやるために、原作のおおまかな設定だけ残して、あとは好き勝手に変えてしまう場合もあります。そうなると『原作を利用するだけ利用して』と、原作サイドが怒る。それはまあ、無理もないことですが」

　その気持ちはすごくわかる。自分の好きなことを映像でやりたければオリジナルでやればいい。それでは企画が通らないからと、既存の作品の知名度を利用するというのでは、原作側としてはたまったもんじゃない。

「でも、その線引きは難しいですね」

　原作を変えることが、改善になるか改ざんになるか。フィルムが上がってみないと結論は出ない。過去にも、アニメ監督が原作を勝手に変更し、自分のカラーに染め、それでも傑作と呼ばれるようになったものもないわけではない。

「ええ、その通りです。だけど、僕が小幡さんにお願いしたいのは、映像が原作の下である、という考え方はしないでほしいということです。映像を作る側も人間ですし、モチベーションが作品の質に大きく関わってくる。アニメの場合、特にそれは顕著です。原作サイドに見下されていると思ったら、彼らはやる気を失いますから」

「わかりました。それは肝に銘じます」

　とは言うものの、今回の打ち合わせで見下されていたのはどちらだろう。石破と河原の方がこちらを見下していたのではないだろうか。

「ところで、あのふたりはどうしてあんなに喧嘩口調だったんですか？」

どう考えても、彼らは今回の仕事に乗り気ではない。それがひしひしと伝わってきた。

「たぶん、前の作品がぽしゃったことをまだ恨みに思っているんでしょうね。最初放映を予定されていたのは、あのふたりが原作のオリジナルでしたから」

そういう事情だったのか。だけど、その不満をこちらにぶつけられても困るのだが。

「どうして駄目になったんですか?」

「詳しくは僕も知らないんですが、初めてのオリジナルということで、ふたりは相当気合が入っていたようなんですよ。こだわりが強過ぎて少しの妥協も許さない。それでいろいろ揉めたようなんです。加えて、原作権をどうするかについて、決着がつかなかったみたいなんですね。NHKは自分たちで持ちたいと言い、郷田さんとしてはスタジオGIGが持つことを主張し、あのふたりはあくまで自分たちに権利がある、と言い張る。それで面倒になったんでしょうね。『だったらオリジナルではなく、原作ものでいいじゃないか』と局の偉い人が言い出して、オリジナルの話が流れたそうなんです」

「そういうことだったんですか」

石破と河原の強情そうな顔を伸光は思い浮かべた。オリジナルが流れた不満を抱えたまま、その代案の仕事をする。それはどう考えても健全な状態ではない。

「でも、それってうちとは関係ない話ですよね」

「その通りです。だから、知らん顔していればいいんです」

「でも、彼らは遺恨を残しているんですね。そういう状態なら、スタッフを変えてもらった方がよかったんじゃないですか？」

「できればそうしたかったんですが、ぎりぎりでの変更だから空いてるスタッフはいないし、NHKで全国ネットだからスタジオGIGとしても成功はさせたいし。で、結局ふたりがやることになったそうです。石破さんは一演出ではなく、会社の取締役でもありますからね。ここ一番という大仕事を引き受けないわけにはいかない。河原さんは石破さんの盟友で、石破監督作品のシリーズ構成は必ず彼が担当するんです」

なるほど、そういう事情があったのか。

会社員であれば、不本意でも引き受けなければならない仕事がある。

クリエイティブと言われるアニメ制作会社でも、そういう事情は同じか。

だけど、それでうちの仕事がうまくいくんだろうか。そんなことで、うちの大事な原作がダメにされたら、たまったもんじゃない。

伸光の顔色を読み取ったのか、小林がフォローするように言う。

「でも、彼らの力量は確かですから。ちゃんと仕上がれば、それなりのものになると思いますよ」

ちゃんと仕上がればね。

伸光はひそかにツッコミを入れた。

一筋縄(ひとすじなわ)では行きそうもない連中だ。こちらも覚悟を決めて掛からないとなあ。

伸光はその日何度目かの溜息を漏らした。これからも、溜息の出る仕事になりそうだ、と予感しながら。

9

その日は遅番だったが、彩加は早めに出社した。結局三日休んでしまったので、さすがに店が心配になっていたのだ。

「店長、お身体、大丈夫なんですか?」

アルバイトの幸崎郁歩(こうざきいくほ)が声を掛けてきた。

「ありがとう。もう大丈夫よ」

「きっと働き過ぎですよ。有給もずっと取ってないんじゃないですか?」

「そうね。こっち来てからずっと忙しかったから」

しゃべりながらも彩加は店内の棚をチェックしている。狭い店内だから、どこに何が置いてあるか、毎日のように見ている彩加は、すべて覚えている。三日留守をしていた間に売れたもの、新しく入ったもの、少しずつ変化がある。ずっと売れなかったが、彩加がこだわって置き続けた須賀しのぶの『神の棘』一巻と二巻。それが両方とも売れているのを発見したのは嬉しかった。


　これはどんな人が買っていったのだろう。

自分がレジをやっている時だったら、嬉しくて話し掛けたかもしれないな。

単行本、コミックと見ていく。コミックとライトノベルの棚はほぼ田中が管理しており、マニアックな本も並んでいたから、彩加でもほとんど手がつけられない。


　意外と売れている。

凝り性の田中は最近では発注も手伝うようになった。彩加でも聞いたことのないような弱小出版社のものも取り寄せたりする。

「もし売れなかったら、自分で買い取りますから」

と言うので任せているが、そういう本ほど長いこと置かれずに棚から消えていく。少しずつだが、田中の棚は顧客を獲得しているようだ。


　田中だけではない。バイトの子たちには好きな棚があればそこは任せるよ、と言ってある。小さな店だから、すべてを揃えることはできない。セレクションせざるをえないのだ。だったら、彩加がひとりでやってしまうより、こだわりのあるジャンルがある子がいれば、その子の意見を取り入れたいと思っている。アルバイト全員ではないが、二、三人は「ここは自分がやる」と決めて、一段分を工夫している。郁歩も自分の好きなファッション関係のムックのところを自分の担当と宣言して、綺麗に並べている。自分でＰＯＰも作ってきて飾っているので、その一段は目を引くものになっている。

ちょっとずつだけど、この店は進歩している。私が目指した、訪れて楽しいと思える書店になり始めている。

それも、あと四ヶ月で消えてしまうのか。

彩加は返品する本を抜き取りながら溜息を吐く。

「あの、今ちょっといいですか？」

お客が誰もいないのを見計らって、郁歩が近寄って来た。

「はい、何かしら」

「あの、予定より少し早いんですが、私、今月いっぱいでバイト辞めたいんです。親にも就活に本腰入れろってうるさく言われていて」

郁歩は学生バイトだ。就活が忙しくなったら来られなくなる、という話は前から聞いていた。

「ああ、そうなの。残念だけどそういう事情なら仕方ないわね」

どちらにしろ四ヶ月経てば、みんなちりぢりになってしまうんだ。

「今までいろいろありがとう。あなたがいなくなると寂しくなるわ」

「店長……。私も、ここでのバイト、思ってたよりずっと楽しかったです。就活で、本屋関係も受けてみようか、と思ったりしています」

「そうなの」

彩加は微笑んだ。郁歩はオープン当初からのスタッフだ。この一年半でずいぶん成長した。最初にバイトを受けに来た時には、「本屋よりも、ほんとはアパレルでバイトしたかったんです」と言って、こっちをたじろがせた子だったのだが。

「今月中はシフトはそのままで大丈夫なのね」

「はい。来月も上旬くらいまでなら大丈夫です。次の方が決まるまで働けるかもしれません」

「ありがとう、助かるわ」

と言ったところで、彩加はもうアルバイト募集を掛けられないことに気がついた。あと四ヶ月しかないのに、新規で募集するわけにはいかないのだ。今でも自分のワンマン・オペレーションの時間を増やしてなんとかやっている状態だ。郁歩が辞めるのも苦しいが、これ以上辞めたいという人間が現れたら、どうしよう。

本部からは、まだ誰にも、自店のスタッフにもこの件の話をするな、と言われている。正式発表になる九月までは黙っておけ、と。潰(つぶ)れるとわかったら、バイトを辞める人間も出てくるかもしれないし、それが噂になるのは営業的にもよいことではない、という判断なのだ。

「店長、どうかしましたか？」

彩加が黙って考え事をしているのを見て、郁歩が心配そうに聞く。

「あ、いえ、なんでもない。新規のバイト募集をどうしようか、と考えていただけ」

郁歩の目を見ずにそう返事すると、彩加は書棚の下にあるストッカーを覗き込んだ。返品する本をそこに置くふりをして、郁歩の視線からフェードアウトしようとしたのだ。

「そうだ、店長」

しかし、郁歩はさらに彩加を呼び止める。

「何かしら？」

「最近、変なお客さんが来たんですよ」

「変な客？」

「原ってバイトはいないか、って聞いてきたんです」

「原っていうと、もしかして……」

　原滉一は、バイトの田中のペンネームだ。ほかに原という名前で思い当たる人間はいない。もちろん、バイトにそういう名前の人間はいない。

「ええ。田中くんのことだと思うんです。最初に聞かれたのは私だったんですけど、なんとなく暗い雰囲気の人で、私が『原って名前のバイトはいない』って言うと、『あ、間違えた、原じゃなくて、田中だった』って言うんです。なんか、嫌な感じでしょう？」

　確かにそうだ。ここが原のバイト先だとファンが嗅ぎつけてやって来たのだろうか。いまどきはネットで作家の住所なども流れたりするので油断はできない。

「それで、『お名前はなんておっしゃるのですか？　田中になんの用でしょうか？』って聞いたんです。そうしたら『いや、それは自分で直接言うから』って、こそこそと帰って行ったんです。その後、田中くん本人に聞いたんですけど、訪ねて来る知り合いはいないっていうんですよ。それで、バイトのみんなに、『そういう客がまた来るかもしれないから、注意するように』とLINEで呼びかけていたんです」

　アルバイトの人たちは、病気や試験などでシフトを交換してもらう時のために、お互いLINEで連絡を取り合っている。

「そう、それはよかったわ。で、その後またその人、来たの？」

「ええ、その時は藤井さんがレジにいて、『先月いっぱいで辞めました』って言ったら、黙って帰ったそうです。それであきらめてくれたらいいんですけど……」

「藤井さん、いい判断だったわ。さすがね」

藤井慶子はふだんから心遣いが細やかだ。接客も丁寧だし、バイト仲間にも評判がいい。

「ほんと、いま田中くんに何かあったら困りますから」

「いまって？」

「三巻、いいところで終わっているんですよ。早く続きが読みたいんです」

郁歩はちょっと照れくさそうな顔で言う。それを見て、彩加は嬉しくなった。

ああ、田中くんのことを仲間というだけでなく、作家としても認めているんだな。みんなも、それで田中くんのことを気遣っている。

田中くん、よかったなあ。初めてここに来た時には、友だちとか仲間といった関係性を作れるような気はしなかったけど、ちゃんとみんなに好かれているんだなあ。

作家だからというだけでなく、田中の両親と弟にも会っているので、彩加はほかのバイトよりも田中のことは気に掛かっている。ここでバイトをしたことが、彼にとってよい経験となれば、と願っている。

「そうだね。田中くんには頑張ってもらって、いい本をたくさん書いてもらいたいね」

「ああ、だけど彼もいつまでこのバイトを続けるんでしょう。結構人気出てますよね。作家に専念しなくていいのかな」

「さあ……どうなんでしょう。まだ本人からそういう話は聞いてないわ」

「新刊の帯を見たら、シリーズ累計三十万部突破って書いてありましたよ。すごい数字ですよね。それだけ売れてたら、私ならバイト辞めちゃうんだけどなあ」

　郁歩は屈託(くったく)なく言うが、彩加はどきっとする。確かに、近い将来田中がバイトを辞めると言ってくるのは覚悟している。彼には作家として一途に歩んでいってほしいし、うちでいつまでも縛りつけるわけにはいかない、そう思っていた。

だけど、郁歩が辞めて、田中まで辞めたら、バイトの戦力はますます低下する。このまま人が減っていったら、あと四ヶ月支えきれるだろうか。

「いらっしゃいませ」

　その時、お客が入って来た。背が高く、黒っぽい薄手のジャンパーにだぼだぼのジーンズ。あまり身なりにはこだわらないようで、髪も寝癖(ねぐせ)ではねている。男はレジにいる郁歩を見て、はっとした顔になった。そして、ろくに本も見ないでさっさと出て行った。

「あの男です」

「えっ？」

「ほら、以前田中くんのことを聞いてきた……」

「ああ、あれが」

「また様子を探りに来たんだわ。こそこそ逃げ出すなんて、まるでストーカーみたいですね」

「ストーカー……」

「こういう場所だと誰でも来られるから、田中くんも気を付けないと」

郁歩は警戒したまなざしで男の去った方を眺めている。

すでに男の姿は見えないが、彩加も同じ方向を黙ってみつめていた。

10

「ただいま」

伸光は履（は）いていたスニーカーの紐（ひも）をほどくのももどかしく、脱ぎ捨てるようにして玄関を上がる。リビングに行くと、

「おかえりなさい」

と、妻の亜紀が出迎える。

「まだ起きていたの？」

時計は深夜一時近く。伸光は終電で帰って来たのだ。

「うん、もう寝ようと思ってたところだけど、この小説が面白くて、なかなかやめられなかったの」

亜紀はクリップで束ねた分厚いコピーを持っている。発売前の小説を校了紙の段階でコピーしたものだ。早い時期に内容を知ってもらうために、出版社から書店員に配られるものだ。亜紀は店ではなく本部勤務だが、店にいた時以上にゲラが届くらしい。

伸光は机の上に鞄を放り出し、身体を投げ出すようにソファに座ると深々と溜息を吐いた。

「ああ、疲れた」

「ご飯食べた？　何か作る？」

「いや、メシは打ち合わせしながら食った。腹は減ってない」

「じゃあ、ミルクティーを淹れるね。私も喉が渇いているから」

そう言って、亜紀はキッチンに向かう。

「今日も一日会議、会議だよ。メディアミックスはたいへんだ」

「でも、伸光の担当作品がアニメ化されたのは、初めてじゃないでしょ？」

「うん。前にもあったけど、あの時は監督が原作のファンだったし、制作会社の方からぜひアニメ化したい、と言ってきたような状況だったから、いろいろと楽だったよ」

「ふうん、そういうものなの？」

「今にして思えば、すごく恵まれていた。スタッフが作品を理解していたし、漫画家のことも尊敬してくれた。だから、こちらの要望は簡単に通ったし、内容的なズレもなかったし」

「今回は難しそうなの？」

「うん。スタッフが原作のことを評価してくれているかどうか。ちゃんと読み込んでくれてるといいんだけど」

「優秀なスタッフなんでしょ？　だったら、大丈夫よ」

　亜紀がミルクティーとクッキーをテーブルに運んで来た。クッキーは小ぶりのものが三つほど。形がちょっと歪（いびつ）で、焼きムラもある。

「お、サンキュー。このクッキー、亜紀が作ったの？」

「うん、光洋（みつひろ）に手伝わせて。粘土遊びのつもりで喜んでいたわ」

光洋は今年四歳になるふたりの息子だ。夜遅いので寝室で眠っている。

「ふうん。喜んでいたのなら、よかった」

「ええ。料理のできる息子に育てるのが、私の野望だから」

亜紀の言葉はちょっと耳が痛い。伸光自身は、料理はほとんどできない。ご飯を炊くくらいしかやれることがない。共働きなので家事を手伝おうとはしているが、料理についてはほとんど亜紀任せだ。息子に料理を覚えさせたいと亜紀が言うのも、それが不満だからだ。これ以上、この話を続けるとまずいと思った伸光は、話題を元に戻す。

「だけど、まいったよ。今日の会議で、放映までにあと三冊、放映中にも三冊出せって営業が言うんだ。こっちの苦労も知らないで、勝手なことを言ってくれるよ」

「放映まで十ヶ月、それに放映期間が半年だから十六ヶ月で六冊か。まあ、ラノベ作家の中には、二ヶ月に一度くらいのペースで出す人もいるから、不可能ではないのかしら」

「それは特殊な作家だよ。作品のカラーにもよるし。原くんの密度で書いていたら、それは難しいよ。四ヶ月に一冊がやっとだっていうのに」

今が売り時だ。ここで売り伸ばさずに、どこで売る。

営業部も、編集部のトップも意見は同じだ。

「せっかくの全国ネットだっていうのに、売る商品がなければ話にならない。会社としたら、ビジネスのことしか頭にないのさ」

「確かに、書店の立場としても、関連商品が多い方が嬉しいわね。売り場が賑やかになるし、コーナーとして作りやすい。コミックとかアニメムックも作るんでしょう?」

「コミックはともかく、アニメムックは無理」

「どうして?」

「NHKの場合、アニメ化した作品の商品化権はNHKにあるからね。アニメムックも出させてはもらえないんだ。うちが出せるのは、原作と原作に関連した書籍だけ。だから、原作をベースにしたコミックとか設定集なんかは出せるけど、アニメムックはうちからは出せないんだ」

「ふうん。そういうものなの」

「民放の場合は、アニメ化の場合は出版社も出資したり、CM枠を買ったりってことも多いから、それはそれでたいへんだけどね。出資した分、元を取れってプレッシャーが掛かるから」

「なるほどね。おとなの事情ってやつね」

「もちろん営業部だって、せっかくだから『鋼と銀』を売り伸ばそうと好意で言ってくれているんだよ。アニメ化は『鋼と銀』だけでなく、疾風文庫全体の宣伝にもなるから。うちの文庫、まだまだ書店の棚が取れていないだろう？　だから、『鋼と銀』のアニメ化は棚を取ってもらうための、いい交渉材料になるって」

棚取りというのは、書店の棚に疾風文庫のコーナーを作ってもらう、ということだ。それがないと、新刊が出た時だけ平台に置かれ、しばらくすると全部返品されてしまうのだ。近年ラノベは文庫レーベル自体が増加しているうえに、一レーベル当たりの出版点数も激増している。だから、すべてを書店の棚に置くことはできない。昔からあるレーベル、売れているレーベルは大きく棚を取ってもらえるが、伸光が編集長をしている疾風文庫の場合は後発ということもあり、常設棚を作ってくれる書店は少ない。だから、平台に置かれる一、二週間の勝負なのだ。そうなると、口コミで作品が広がって売り伸ばす、という時間が取れないだけでなく、シリーズ物でも最新刊しか置かれていないから、新規読者が入ってこれない。だから、売り上げを伸ばしていくためにも、多くの書店に疾風文庫のコーナーを持ってもらうことは大事なのだ。

「それなら、頑張るしかないわね。あなたは編集長なんだし」

「まあね。俺も部下が担当しているなら、死ぬ気で作家に頑張らせろって言うよ。だけど、担当編集者の立場としたら、無理させて作家を潰すわけにはいかない、って思う。そこはまあ、悩ましいところだよ」

「だったらコミックに頑張ってもらうことね。コミックの方の描き手は決まったの？」

「うん、まあ。新人の佐倉飛鳥っていう子」

「女性なの？」

「うん。デッサン力はあるし、雰囲気のある背景が描けるから、世界観に合うだろ
うって思うんだ。作家とイラストレーターにも見せたんだけど、とくにイラストの
ＭＩＺＵＨＯが佐倉を気に入って強く推してくれたのが決め手になった」

「だったら、いいじゃない」

「漫画家はいいんだけど、担当がね……」

「誰なの？」

「『少年アンビシャス』の上田」

「じゃあ、あの？」

上田の件は家で愚痴ったので、亜紀も覚えている。

「そう、『ジェッツ！』でさんざん揉めた相手」

「それはやっかいね。ほかの人に担当だけ変えてもらうことはできないの？」

「そうはいかないよ。佐倉飛鳥は、上田がデビュー前から面倒をみてきた子だか

ら、外せないよ」

「そういうものなの？」

「そういうものさ。漫画家や小説家と担当編集者の関係って、単純にビジネスで割り切れないところがあるからね。特にデビュー前から面倒をみている作家については、編集者の思い入れも深い。俺たちの都合で担当替えしてくれ、なんてとても言えないよ」

「そうかあ。たいへんだね。その上田さんって人だって、あんまりやりたくないいんじゃないの？」

その通りだろう、と伸光は思う。根に持ちそうなタイプだから、『ジェッツ！』のことを忘れたはずがない。自分のメンツを潰されたと思っていても、無理はない。

「正直な話、上田が担当って最初から知ってたら、俺もほかの漫画家を選んだかもしれないな」

「事前には調べなかったの？」

「コンペ方式だったんだ。向こうの編集部が三人の候補を立て、それぞれが描いた主要キャラのラフと、その作家たちの過去のコミックをもらった。それを見て、こっちで検討したんだけど、担当が誰かまでは聞かなかったからさあ」

「たいへんだね」

「たいへんだよ、ほんと。アニメの現場との折衝だけでもたいへんそうなのに、社内でも揉めたらたまらないよ」

メディアミックスの仕事があるからといって、本来の編集の仕事が減る訳ではない。従来の文庫編集長としての仕事もちゃんとやらなければならないのだ。

「そうだね。その後、アニメの人たちとはどうなってるの？」

「明日、構成案の打ち合わせ」

「構成案って？」

「原作の何巻くらいまで扱うか、とか、各話どんなエピソードにするかとか、おおまかなアニメの話の流れを決めるんだ」

スケジュールがタイトな分、仕事はどんどん進んでいる。アニメの場合はシナリオを決定させないと、ほかが全部止まってしまう。なので、シナリオを決めるところから始めるのだ。

「へえ、そういうのにも編集者が立ち会うんだ」

「ああ。ストーリーについては齟齬があると困るし、これには必ず出てくれって、うちのプロデューサーにも言われている。でも、それだけじゃないよ。この後、シナリオ会議が毎週あって、それにも出なきゃいけないし」

「毎週？」

「うん、一回につき一話のシナリオをみんなで話し合う。原作サイドとしたら、用語の間違いとか、キャラクターの言葉使いとかに間違いがないか、確認しなきゃいけないし。それが終わった後、上がってきたキャラクターも全部チェックしなきゃいけない」

「それはあなたがやるの？　出版社側のプロデューサーではなく？」

亜紀はびっくりしたように問い返す。

「アニメスタジオに毎週通うって、すごくたいへんじゃない」

「プロデューサーも、そこまで作品を理解している訳じゃないからね。俺は作家の代弁者って訳さ」

「まあ、作家本人が出席する訳にはいかないものね」

「そうでもないよ。最近じゃ、ラノベの作家がシナリオ会議に出席するのは珍しいことじゃない。作家によっては、脚本やシリーズ構成までやることもある。もともとゲームやアニメのシナリオライターから小説を書くようになった人もいるからね。だけど、原くんは取手だから通うのも遠いし、第一、本人が大勢の人のいるところで自分の意見を言ったりするのは嫌だというから、俺が出るしかないんだ」

原滉一に一応確認はした。しかし、本人は『とんでもない』と断った。人見知りだし、これからの刊行予定の話をしたから、それをこなすだけで精一杯だと思ったのだろう。

「原くん、書店でバイトしてたんだっけ。それはもう辞めたの？」

「それが、まだなんだ。いまは人手が足りないんで、急には辞められないんだって」

「ずいぶん真面目なのね。もっとも、書店側としたら、そういうバイトの子がいると助かるけど」

　亜紀の言うとおりだ。以前はお金が入ったらバイトを辞め、家から独立すると原は言っていた。しかし、印税が相当額手に入ったいまでもバイトは辞めないし、引っ越す気配もない。

「もしかしたら、原君は怖いのかもしれないな」

「怖い？」

「ずっと家で引きこもっていたのに、急に陽のあたるところに出されて、どんどん大きな方向へ進んでいるからね。まだ信じられないというか、調子に乗るとどこかでどん、と落とされると思ってるんじゃないか？」

「そんな、バカバカしい」

　亜紀は笑うが、原だったらそういうことを考えそうだ。

彼ももうちょっとたくましくなってくれるといいんだが、と伸光は思っていた。

構成案会議では、うかつなことを言うまい、と伸光は決意して臨んだ。自分はあくまで立ち会いの人間。自分があしてほしいとかこうしてほしいと口を出すより、アニメの現場のやりたいことを優先させるべきだ。現場のモチベーションを下げるようなことはすまい。しかし、その決意は最初からもろくも崩れた。挨拶のあと、石破監督が前置きもなく突然、こう言い出したのだ。

「タイトル、これでいいんですかね。もうちょっとインパクトのあるものに変えた方がいいんじゃないですか？」

会議室がいきなり緊迫した空気になった。この会議には、出版社側からは伸光とプロデューサーの小林、アニメ制作側からはプロデューサーの郷田、監督の石破、シリーズ構成の河原と各話の脚本を担当する四人のライターが出席している。

「たとえば『鋼の国の冒険』とか、アニメらしいタイトルに変えた方がいいんじゃないですかねえ」

「それは困ります」

伸光はつい大声を出した。なるべく現場の意見を優先したいと思っていたが、これだけは譲れない。

「タイトルを変えると、作品から受ける印象が違ってくる。この作品の持つ抒情性みたいなものが消えてしまうじゃないですか」

それだけではない。タイトルが変わってしまうと、原作の存在感が薄れる。アニメ化で、小説のタイトルが広く認知されることが重要なのだ。子どもたちはオープニングの中盤に出てくる原作のクレジットなど、目に入ってこない。

「それでも、子どもには難しすぎるタイトルですよ。抽象的なものより具体的な方が覚えやすいし、言いやすい。キャッチーなアニメタイトルにした方が視聴率もよくなりますよ」

「うちの読者には、このタイトルは評判がいいんです。一巻のラストまで読んで、このタイトルの意味が腑に落ちたって言うファンが多いんですよ。変えてしまったら、そういうコアなファンに背を向けることになります。それに、タイトルだけで視聴率が上がるなら、そんな簡単なことはない。結局はアニメの出来次第だと思いますから」

石破と伸光の意見は真っ向から対立する。

「アニメの出来も何も、それ以前にタイトルを見て、敬遠する視聴者がいるかもしれないじゃないですか」

「もし視聴率が悪かったら、タイトルのせいだと言いたいんですか？　それは、ちょっと短絡的なんじゃないでしょうか？」

　仲光が声を荒げると、まあまあ、と制作側のプロデューサーの郷田がとりなした。

「小幡さんのおっしゃることはごもっともです。悪いタイトルってわけじゃないし、ＮＨＫさんから何も言ってこないのなら、これでいいんじゃないですか。それより、構成の方の話を進めましょう」

　郷田はプロデューサーというだけでなく、社長でもあるので、石破もそれ以上は言わなかった。

「じゃあ、物語の構成について話しますかね」

　石破は本筋に入っていく。

「まずは、原作をどれだけ取り上げるか、ですが、できれば三巻のラストまでを二クールでやりたい。そうすると、ちょうど主人公が銀の国との戦闘を終えるところまでなので、きりがいいかと思います」

　石破に続き、シナリオの河原も、

「原作では戦略とか補給など、戦闘そのものの説明描写も多いのですが、その辺はアニメでは描きにくいところなのでなるべく減らし、人間ドラマに重きを置きたいと思います」

「あの、作戦の意外性とか緻密さが読者にも評判はよいのですが、全部省略ということではないですよね」

仲光は念を押す。『鋼と銀』は、ファンタジー版の三国志と言われるくらい、軍事についての書き込みが多い。そこが作品の肝だと言えるだけに、アニメ化に当たってもある程度は踏襲してもらわなければ困る、と思う。仲光の言葉に石破は一瞬むっとした顔になったが、すぐに平静を装って話を続ける。

「もちろんです。そこはちゃんとやろうと思っていますから。ちょっと全体の構成案を見てください」

仲光やほかの出席者は、机の上に用意されていたプリントを見る。二十四話を表組みにして、仮の各話タイトルと簡単な内容が書かれていた。

「二クール二十四話のエピソードをそれぞれまとめたものです」

小説のおおまかなストーリーに沿ってエピソードを進める回と、オリジナルエピソードが交互に挟まれている。出席者たちは黙って内容に目を通す。

仲光もざっと目を通した。最初の構成案にしては、各話の書き込みがしっかりなされている。オリジナルエピソードについても、細かく書かれている回が多い。

「オリジナルエピソードがずいぶん多いですね」

仲光が思ったことを、小林が口に出す。ざっと見て、三話に一話はオリジナルエピソードが入る形だ。

「小説にはあまり描かれていませんが、主人公と、玻璃（はり）の国の王女アグレシカの恋愛をクローズアップすべきだと思うんですよ。その恋愛を推進力にすると、物語が活気づくかと思われます」

「たびたびすみません。あの、一応確認しておきたいのですが、アグレシカが玻璃の国の王女であることは、原作ではまだ出していませんが、アニメでも出しませんよね？」

伸光は質問する。アグレシカの設定は、参考として提出したキャラクターの説明につけたものだ。しかし、第四話のサブタイトルが「王女アグレシカの秘密」となっている。もちろん現段階では仮タイトルではあるが、ここから推察するに、第四話ではアグレシカが王女であることが視聴者には知らされる、ということだ。

「えっ、ああそうでしたっけ。でも、王女であることは先に視聴者に説明しておいた方がわかりやすくていいんじゃないですか？」

石破は言う。

「いえ、それはまずいです。アグレシカの出自（しゅつじ）の謎については、この先出される巻で大きくクローズアップされることになっているんです。それを、アニメで先に出されてしまうというのは困ります」

伸光の言葉に石破は一瞬むっとした顔になったが、すぐに平静を装って話を続ける。

「あっさり出すという訳じゃないですよ。そこはアニメでも仕掛けを作ろうと思っていますから」

「それから、主人公とアグレシカの恋愛とおっしゃいましたが、それについては原作ではほとんど触れていません。主人公が一方的にアグレシカに想いを寄せているのは確かだし、そのためにこの世界で戦おうという決意をするのですが、アグレシカはその感情に全然気づいていない。美人で抜群の戦闘力も持つけど、天然キャラで恋愛感情には疎い。そのアンバランスがこのキャラクターの魅力なんです。なので、恋愛の扱いについては慎重にしていただければ……」

「そうは言っても、原作通りだとキャラクターの言動が地味じゃないですか。文章なら内面を掘り下げればそれで読者の興味を持たせることができるけど、アニメではそうはいかない。アクションがないと視聴者に飽きられる。小説そのままは無理なんですよ」

「小説そのままとは言いません。ですが、最低限主人公格の性格設定や作品のテーマは踏襲してくださらないと。でないと、なぜうちの話を原作に使うのか、ということになってしまいますので」

　伸光は穏やかな口調を保とうとするが、顔が引き攣っているのを感じる。石破がこちらを睨みつけている。

　小林がはらはらした表情で、

「まあまあ、そんなに感情的にならないで」

　と、伸光を宥める。しかし、小林に以前、「アニメ関係者の気持ちを尊重して」と言われたことを思い出す。ここは譲れない。この構成案の通りに作れば、原作はまるで意味のないものになってしまう。まして、石破はタイトルまで変えたいと言うのだ。それでは原作ではなく、原案程度の立場になってしまう。

「それから、第七話についてですが」

　伸光はさらに続ける。第七話はオリジナルエピソードの回で、この世界を裏で司る死神の陰謀の一端があきらかになる、とある。

「死神っていう言葉にちょっと引っ掛かったんです。原作にはない設定ですが」

「アニメのオリジナルキャラですよ。こういうのもいないと、物語が跳ねませんから」

　河原が不機嫌そうに答える。

「文字通り死神ということですか？　あだ名とかではなく？」

「ええ、そうです」

「それは困ります。この作品はファンタジーですけど、悪魔とか死神というような存在は登場しませんから。異世界の話ですが、万能な超常現象は出てきません。魔術は出てきますが、ちゃんと理屈づけはされていますし、使われ方に制限がありまます。それが『鋼と銀』の世界観なんです」

「でも、そういうものを出した方が面白くなりますよ」

「それでも死神とか出されたら、作品の世界観が全部壊れてしまう」

今度は河原の方が伸光を睨みつける。全員が固唾を飲んでふたりを見守っている。

「これ……、なんか前の企画に似てないか?」

ふいにアニメ側のプロデューサーの郷田が言葉を発した。

「主人公の恋愛話を中心に展開とか……そう、確か死神というのも、前の企画の中に出てきた設定だよね」

「それは……」

河原は口ごもる。

「ええ、そうですよ。急な変更でしたし、使える設定は今回そのまま使ってしまおうと思ったんです」

石破は開き直っている。

「そいつは、どうなのかな。せっかく原作を提供いただいているのだから、まずはその話を中心にエピソードを組むべきじゃないかな。三冊分の小説を使ってるのに、三話に一話はオリジナルエピソードというのも多すぎるだろう」

「でも……」

「もう一度、構成案を練り直した方がいいね。ここまで原作サイドと齟齬があると、細かい手直しだけじゃうまくいかんだろう」

郷田の言葉に、伸光はほっとするが、隣り合って座る石破と河原は共に仏頂面である。

「すみません。そういう訳で今回は一度ばらします。あらためて構成案を作り直して打ち合わせさせてください」

「ありがとうございます」

伸光は郷田に頭を下げる。それから、石破と河原の方に向き直って言う。

「石破さん、河原さん、アニメについては門外漢なのに、失礼な言い方をしてすみませんでした。ですが、キャラクターの見せ方とか世界観についてはこの原作ではとても大事なものですから、担当編集者としては口を挟まずにはいられませんでした。どうぞこれに懲りず、よろしくお願いします」

それから、再び頭を下げた。そして顔を上げた時、石破と河原の気まずそうな顔が目に入った。

「ともかく、仕切り直しということで、また連絡します」

郷田の言葉で散会になった。

帰り道、伸光は自社のプロデューサーの小林とふたりになると、はあっと大きく息を吐いた。

「すみません。これで、監督と脚本家を敵に回したかもしれないですね」

と謝った。現場のモチベーションを下げないように、と言われていたのに、その真逆のことをやってしまったのだ。

「仕方ないですよ。小幡さんは担当編集者ですし、ここまで改ざんされていたのでは、言うしかないです。逆に、最後によく頭を下げられましたね」

「作品のためですから。……これから長くつきあう相手ですし、喧嘩別れするわけにもいかないですしね。でも、こういうことが毎週続くんですか……」

まったく心臓に悪い。こんなことが、あと半年も続くかと思うと憂鬱だ。

「シナリオ打ち合わせは、最初の方が長引くんですよ。アニメのスタッフがまだ原作のことをよく理解してない時期ですから。でも、向こうもだんだん慣れてくれば、こちらが注意することも減りますよ」

「そうでしょうか？」

「そうですよ、きっと」

小林が慰め顔で言う。しかし、伸光はそれ以上会話する気になれず、黙ったまま窓の外に流れる景色を見つめていた。

「では、これから閉店まで、いろいろたいへんになると思います」

取次の担当者である名取季夏は、優しい声で彩加に語り掛けた。彩加は本部の会議室で名取と会っていた。

「閉店までの四ヶ月、滞りなく進むよう私も協力させていただきますので、よろしくお願いします」

「はい、こちらこそよろしくお願いします」

担当者が女性でよかった、と彩加は思う。男性だったら、同じことを言われてももっときつく聞こえただろう。名取は年齢的にも彩加とそれほど変わらず、穏やかで優しげな顔をしている。

「こちらで閉店までのタイム・スケジュールを考えました。ご覧ください」

名取が白い紙を取り出して彩加に渡す。そこには、閉店までにやることがいろいろ書かれている。

「具体的に内外に告知をするのは閉店の一ヶ月前。それまでは、なるべく外部には漏らさないようにした方がいいでしょう。なので、あまり表立っては動けませんし、閉店当日までは利用されるお客さまがいるので、その方たちに不自由がないようにしていかなければなりません。同時に、閉店してから撤去するまでは一日しかありませんから、それが滞りなく行われるようにしなければなりません」

「はい」

駅中なので、賃貸契約の条件が厳しい。一日で本も什器も全部撤去して、まっさらな状態にしなければならないのだ。

「ですから、それまでになるべく本や雑誌の数を減らしていくようにした方がいいでしょう」

こうして取次の人に言われると、閉店がますます現実のこととして立ち上がってくる。彩加の中ではまだ気持ちの整理がつかないのに。

「一部の本については、チェーンのほかの店で引き取ってくれることもあります。なるべくそうしていただけると、こちらも助かります。その場合は……」

名取の説明はまだ続いている。それを聞きながら、彩加の中にはいろんな気持ちが浮かんでくる。

毎日が閉店に向かって走り出している。今までそこにあった本も、什器も、働いていた人たちも、すべてなかったことになってしまう。その後、別のお店が場所を占め、そこに本屋があったことの記憶さえ、失われてしまうだろう。

そうしたら、私のこの二年近くの頑張りも、無駄になってしまうのだろうか。

「大丈夫ですか？」

ふと気づくと、名取が心配そうにこちらを覗き込んでいる。

「あ、ええ。大丈夫です」

「顔色悪いですよ」

「そうですか。最近ちょっと睡眠不足なので」

それを聞いて、名取はふぅと息を吐く。

「ほんと、残念でしたね。もうちょっと続ければ、あの店はもっと面白いことになったかもしれないと思っていたのですが」

「えっ、ほんとですか？」

「ええ、駅中のお店にしては面白い試みをしている、と注目していたんですよ。駅中なのにいつも面白いフェアを仕掛けていたし、コミックやラノベの棚も個性的だったし。ふつうの駅中書店ではつかないような学生のお客もついていたじゃないですか」

　名取の言葉にぐっとくる。業界関係者に、自分の仕事を褒められるというのは、ほんとに嬉しいことだ。……こんな状況の時でさえ。

「でも、ほんとにうまくいってたら、こんな状況にはならなかったはずですし。自分の力不足が情けないです」

「いいえ、宮崎さんはよくやっていらしたと思いますよ。でも、家賃の問題がありますからねえ。それがなければ、あるいは……」

「はい。それだけはどうにもなりません」

「でも、あまり思いつめないでくださいね。四ヶ月は短いようで長いですから、あまり根をつめて倒れたりしないように。これからが本当にたいへんなんですから」

　これからがたいへん。

　そうだ、その通りだ。

　店を開く時もたいへんだったけど、どんな店にするか、どんなスタッフが集まるか、どんなお客さまに会えるか、いろいろ夢があった。だから、乗り切れたのだ。

　これからの四ヶ月は、粛々（しゅくしゅく）と閉店に向かって突き進むだけ。まっさらな状態にして次に引き渡す、ただそれだけのために。

　しかも、告知できるようになるまでの三ヶ月間は、私ひとりの戦いだ。誰にも言えず、ひとりで進めなければならないのだ。

彩加は溜息を吐く。吐いてもどうにもならないとわかっていても、胸の中の重苦しさを吐き出さずにはいられなかった。

本部での打ち合わせが終わると、彩加は取手の店に向かった。今日は夕方から夜までひとり勤務のシフトに入っているのだ。

店に入ると、田中がレジに入っていた。

「お疲れさま。何か変わったことはない？」

「今日はラノベの発売日なので、それを目当てのお客さんが来ましたが、それくらいですね」

「そうそう、四巻の発売が今日だったわね。おめでとう。私も後で買うわ」

「ありがとうございます」

田中は照れくさいような顔をしている。

「さっそく『鋼と銀』を買っていった人もいたんじゃない？」

「はい。うちの弟と、あと三人ほど」

「それ、すごいね。四人もの読者に売れるなんて」

「でも、ふたりは弟の友だちですし……」

「それでもすごいよ。自分で自分の本を売るなんて、なかなかないと思うよ」

「ええ。読者の顔が見えるというか、こういう人が買ってくださるって思うと、すごく励みになります」

田中の顔は誇りと喜びに輝いている。この店のラノベが充実したのは彼のおかげだ。そして、棚の充実ぶりが話題になってラノベファンのお客を引きつけているのだ。作家としても書店員としても彼はいい仕事をしている。

「そうね。そんな経験している作家の人って、そんなにいないんじゃないかな。……もっとも、田中くんもそろそろ作家業に専念しなくちゃいけないのかもしれないけど」

「いえ、まだ僕は……。本屋で仕事するのは楽しいですし。一日部屋にこもって、家族以外誰ともしゃべらないで過ごすのもしんどいですから」

「そう言ってもらえるのはありがたいわ。人手も足りないし、せめてあと半年くらいは田中くんにバイト続けてもらいたいの」

「半年？」

「ええ、できれば。そのくらいになれば、またバイトも増えると思うし」

「はい。それくらいはまだ続けられると思います」

田中は力強く約束する。

「ありがとう。半年はあてにしていいのね」

「はい」

「じゃあ、そのつもりでいるわ」

彩加は内心ほっとしていた。今月いっぱいでひとり辞める。その補充はなされない。自分のひとり勤務のシフトを増やすなどして凌がなければならないのだ。しかも、これからは本部に行くために店を開ける時間も増える。これ以上、戦力となるバイトに辞められるのは痛手である。

「あ、そういえば」

ふと彩加は思い出したことがある。

「例の、変なお客さん。田中くんを訪ねて来た人、どうなった？」

「ああ、あれですか。あの後は、特には変わったことはないんですけど……」

「バイトを辞めた、と話したから、あきらめたのかしら。でも、気を付けなきゃね」

「はい。ほかのみんなも心配してくれて、名札を外せ、と言われたんです。顔出しはしてないから、おかしなファンだとしても名前見なければわからないはずだから、って」

「ああ、それで名札を付けてないのね」

「あの、まずいでしょうか？」

「いいと思う。しばらくそれで様子を見ましょう」

顔は覚えている。似顔絵までは描けないが、こういう人間が来たら要注意、と連絡ノートに書いておこう、と彩加は思っていた。

彩加と交替で田中が帰り、その後はひとりで店番をする。お客さんの相手をしたり、合間に品出ししたり、本のゆがみを直したりしていると、あっという間に時間は過ぎる。二時間ほど過ぎた頃、見慣れた顔が店を訪ねて来た。

「こんにちは」

「ああ、小幡さん」

田中の、いや、原滉一の担当編集者である小幡伸光とは、原のデビュー作の売り出しの時に協力したことから、顔馴染みになった。その後も打ち合わせのために取手に来ると、店に立ち寄ってくれる。いつもは明るく人当たりのいい男だが、今日の小幡は心なしか疲れているように見える。

「原先生の最新刊、好調ですよ」

「ありがとうございます。また、サイン本にしてくださってるんですね」

平積み(ひらづ)みになった文庫を目ざとくみつけて、小幡が言う。

「はい、バイト主特権で作家に直接お願いしました。まずかったですか?」

「いえいえ、もちろんＯＫです。こちらは特別ですから。ほかの新刊も動いているみたいですね」

「ええ。『鋼と銀』に引っ張られて、ぼちぼち動いています。なるべく目立つ場所に置いてますし」

「ありがとうございます。この店ほどうちの文庫を優遇してくださるお店はまだまだ少ないので、嬉しいです」

伸光は軽く頭を下げる。原の新作に限らず、疾風文庫は常設の棚を作り、目立たせるようにしている。これも、田中本人がやっていることだが。

「いえいえ、こちらこそ。原先生のおかげでうちも助かっていますから。……今日も原先生との打ち合わせですか？」

「はい。つい今しがた別れました」

「じゃあ、バイトの後、打ち合わせだったんですね」

「ええ、そのようですね。……実は、原先生もそろそろ忙しくなって、執筆に専念した方がいいんじゃないか、と話をしたんですよ」

「えっ、そうなんですか？」

彩加はどきっとした。いま田中に辞められるのは困るのだ。

「はい。今年から来年にかけて、刊行ペースを速めようということになったんですよ。だから、こちらの仕事と掛け持ちだと辛くなるのでは、と思ったのですが

「……」

「本人はなんと言ってるんですか？」

「本人はあと半年くらいはいまのままで頑張る、と言っています。こちらの仕事も好きだし、いい息抜きになるから、って」

内心、彩加はほっとしていた。あと半年は辞めないで、と頼んだことを、田中は守ろうとしてくれているのだ。

「さっき田中くんと話をしていたんですけど、ここで自分の書いた本が売れるのを見られるのはすごく励みになる、って言ってました。うちとしても、田中くんがいることで助かっていますし、バイト仲間ともうまくいってますから、いますぐ辞められるのはちょっと……」

原先生と呼ぶべきところが、田中くん、になってしまう。彩加にとってはやはり先生ではなくバイトの田中くんなのである。

「わかります。うちも妻が書店員なので、人員確保がたいへんだということは聞かされていますから。でも、せめてバイトの日にちを減らすとかはできませんか？彼も完全にバイトから離れるのではなく、週に一回でも続けられるのであれば、納得すると思うのですが」

小幡の目は笑っていない。田中には、どうしてもバイトを辞めてほしいのだろう。

「……そうですね。いずれは辞めなきゃいけないだろうと思いますし。考えてみます」

「ありがとうございます。よろしくお願いします」

これを言いたいために、小幡はわざわざ店に寄ったのだろう。田中を辞めさせるつもりがない彩加の胸がちくんと痛んだ。罪悪感、というやつだろうか。

「そうだ、ちょっと伺いたいのですが、原先生がここでバイトをしているってことは、ファンにも知られているんですか？」

ふと思いついて、彩加は尋ねてみた。

「いえ、そんなことはないはずです。原くんについては、本人の希望で、出身地も年齢も明かしていませんし。……もっとも、弟さんの繋がりで知ってる人はいるかもしれませんけど。弟さんは友だちにお兄さんのことを自慢してましたから」

「ああ、そうでしたね」

彩加は田中の弟のことを思い浮かべた。この店にもよく訪ねて来る。眼鏡を掛けた小柄な男の子だ。

「何かあったんですか？」

小幡が心配そうに聞き返す。

「いえ、ファンらしき人が、原先生はいるか、と訪ねて来たんですよ。本人のいない時だったので何もなかったのですが。弟さんの友だちという感じでもなかったし、どうしてここを知ったのだろうか、と」

「その人は怪しい感じだったんですか？」

「フリーターっぽい感じは受けましたけど、そんなにおかしな感じはなかったです。でも、本名も知ってるみたいでした」

「原くん本人はなんて？」

「心当たりがないそうです。怪しいと思ったので、二度目に来た時にほかのバイトの子が『田中はバイトを辞めました』と話したら、そのまま帰ったそうです。それであきらめてくれたらいいのですが」

「そうでしたか。会社に戻って、ネットを調べてみます。もしかして、彼の個人情報がネットに出ているようなら、なんとかしなきゃいけないし」

「そうですね。こちらも、気を付けます」

　だから、バイトを辞めさせるべき、と言われるかと思ったが、小幡はそれ以上は言わなかった。小幡は書棚の方に行き、しばらくあれこれ品定めした後、数冊コミックを取り出してレジに戻って来た。小幡は気を遣ってか、来るたびに何かしら買っていく。少し前に出た『宝石の国』と『岡崎に捧ぐ』と『累（かさね）』の最新刊だ。ちょっと変わった組み合わせだと思う。編集者だからコミックの趣味も雑食系なのかもしれない。

「カバーはおつけしますか？」

「そのままで結構です。直接鞄に入れますから、袋もいりません」

そう言って、小幡はお札をレジのキャッシュトレーに置いた。

「ありがとうございます」

彩加がお釣りと本を渡すと、小幡は「また来ます」と、笑顔を見せた。彩加はなんとなく申し訳ないような気持ちになって、小幡の目を見ずにお辞儀をした。


その日の仕事を終え、彩加が一人暮らしのアパートに戻ったのは夜の九時半過ぎだった。駅ビルの地下で安売りしていたお惣菜をおかずに遅い晩飯を終えると、珈琲を淹れ、スマートフォンを手にした。着信通知がある。伯母からだ。掛け直すには少し遅めだが、要件が何か気になった。それで、折り返し掛け直してみる。二、三回コール音が鳴ると、伯母はすぐに電話に出た。

『もしもし』

「伯母さん？　彩加です。電話もらった？」

『そうそう、あなたに話があってね。あの、大田さんの話、聞いてくれた？』

「ええ、伯母さん、大田さんにお店を貸すかもしれないってこと?」

『まだはっきり決めたわけじゃないけどねえ。大田さん、困っておられるから。それに、私も年だからねえ、お店をひとりでやっていくのもしんどくなってきてるし』

やっぱりその話か、と彩加は思う。あの場所から本屋をなくすか、大田と縁遠くなってしまうかの二択というのが苦しくて、電話する気になれなかったのだ。

「そう。だけど、本屋やめるのももったいないね。せっかく何十年もあそこでお店をやってきたのに。お得意さんも困るでしょうね」

『だから、あなたに帰って来てほしい、って伝えてもらったんだよ』

「えっ?」

『あれ、聞いてない? あなたと大田さんとで本屋兼パン屋をやったらどうか、って提案したんだけど』

伯母は得々(とくとく)として自分の計画を語った。二階の住居部分を改装してパンの製造スペースにあてる。一階は本屋とパン屋を併設(へいせつ)させる。カフェスペースももちろん設ける。

『うちで小さな喫茶スペースを作ったでしょう? これが結構評判いいの。近所の人がちょっと珈琲飲みに来て、ついでに本を買って行ったりするし。近所にあった喫茶店が潰れたんで、ここでお茶が飲めるのは助かるってみんな言ってくれるんだ。だから、もっとちゃんとしたカフェスペースにしたいと思うの。裏の休憩スペースを潰せば店舗も広げられるし、本屋とパン屋とカフェがいっしょになった店だって、作れると思うんだよ』

「それは……」

『私も、レジの仕事くらいならまだまだやれるし、あなたや大田さんが本腰入れてくれるなら、なんとかなると思うの。東京じゃ、本屋とカフェがいっしょになってるようなお店も珍しくはないそうだけど、こっちではまだ目新しいし、トルコパンを出すというのが評判いいのよ。地元の雑誌でも紹介されたし』

多角経営というと聞こえはいいが、その分人手もいる。それに、本屋が中心というよりはカフェやパン屋の方が目立つものになるだろう。それはそれで違うノウハウもいる。

「話を先走らないで。こっちにも都合があるんだから」

嬉しいというより、困った、という気持ちだった。伯母の本屋をそのまま継ぐということなら、まだ受け入れられたかもしれない。だけど、大田といっしょに店を作るというのは想定外だった。頭がついていかない。

大田のことは好きだ。だけど、まだ友人以上の関係ではない。このまま続いていけば自然に関係を深められるかもしれないが、こういう形で関係が近くなることをどう考えればいいのだろうか。喜ぶべきなのだろうか。この前会った時、その計画を話さなかったのは、本人も困惑してるんじゃないか。

なにより抵抗感を覚えるのは、伯母が私と彼のことを近づけようと図(はか)っている気がするからだ。だとすると、よけいなおせっかいだと思うし。

それに、今は取手の店を失うという悲しみに、自分を支えるので精一杯だ。その後どうするか、なんて考えたくない。

一日でも長く今の店が続いてほしいと思ってるのに。

『……だからねえ、本気で考えてほしいのよ』

スマートフォンからは伯母の声が流れている。彩加は返事もできず、困惑していた。

12

「小幡さん、今号の『アンビシャス』読まれました?」

伸光が昼頃出社すると、待ち構えていたように部下の森野が質問する。手には『少年アンビシャス』の最新号がある。

「それ、今日届いた見本だろ？　まだ読んでないよ」

「そうですか……」

森野は何か言いたげな顔をしている。

「何かあったのか？　まさか『鋼と銀』？」

伸光の問い掛けに、森野が大きくうなずく。「貸して」と、伸光は森野の手から雑誌を奪う。ぱらぱらとページをめくって、『鋼と銀』のページを探す。連載まだ二回目。一回目は無難な滑り出しだった。二回目はどうなっているんだ？

漫画はすぐに見つかった。前から二作品目、カラーの扉がついている。その扉を見て愕然（がくぜん）とする。戦闘服姿のヒロイン、アグレシカと絡んでいるのは、主人公翔也ではなく、エプロンドレスに猫の耳を持つ女性キャラ。いわゆる猫耳は萌（も）え要素のひとつで、アニメや漫画、ゲームなどには猫耳の女性キャラがよく登場する。猫耳であることはキャラクターの設定的に必要というより、単にその魅力を示す記号のように扱われることが多い。

「なんだ、これ？」

『鋼と銀』の世界観にはまったくそぐわないキャラクターだ。

「小幡さん、やっぱりご存じなかったんですね」

「うん、漫画オリジナルの女性キャラが出ることは知っていたけど、まさかこんな造形だとは思わなかった」

　二話の後半、主人公たちが宿に泊まる。主人公たちの荷物を預かり、部屋まで案内するメイドがいるが、この回ではこれといって活躍しない。ふたりが部屋に入った途端、化け物が出てきて大騒ぎ。それをメイドは見ているだけだ。しかし、そのメイドを猫耳にして、表紙にまで登場させている。それに、ラストの大コマで、思わせぶりな表情でアップにしている。

　まるでこの猫耳が事件の黒幕のようだ。その場限りの使い捨てキャラのはずなのに、次号では猫耳が大活躍するみたいな印象操作をしてるじゃないか。

「猫耳って、おかしいですよね」

「ああ。『鋼と銀』の世界観にはこういう萌えキャラは登場しない。ちぐはぐだ」

「これって、上田さんの嫌がらせでしょうか?」

　人のいい森野でさえ、やっぱりそう思うのか。俺の被害妄想ってわけでもなさそうだな。

「そうは思いたくないけど、抗議はしておくべきだな」

「そう思います。連載第二回でいきなり表紙に猫耳なんて、ミスリードもいいところですから」

「打ち合わせの後、多少修正は入れましたが、そっちからはキャラについての指摘はなかったじゃないですか」

抗議に出向いた伸光に対して、上田はしれっと言う。

「あのラフでは、キャラがどんな造形かはわからなかったし、そもそも表紙はアグレシカ単体だったし、最後のコマでアップにはなっていなかったはず」

原作サイドのチェックは、鉛筆でラフを描いた段階でやる。この段階なら修正が利くからだ。ラフは人によってさまざまで、仕上がりの絵がきっちりわかるように描く漫画家もいれば、キャラの区別もつかないような大雑把なあたりですませる漫画家もいる。『鋼と銀』の佐倉飛鳥は後者の方だ。

「でも、小説をそのままなぞったようなコミックを読んでも読者はつまらないでしょ。コミックならではの展開やエピソードがないと、わざわざコミックを読む意味がないじゃないですか」

上田はにやにや笑っている。伸光は内心、この野郎！　と毒づいた。これは以前、『ジェッツ！』をノベライズする時に伸光自身が上田に言ったことだ。こういう形であの時の意趣返しをしようというのだろうか。

「読者はこういうキャラを喜びますし、作品に華を添えることにもなる。アグレシカはずっと鎧兜ですから、露出度が低い。もうちょっと弾けたキャラがいないと、物語として跳ねないんですよ」

この若造、何を偉そうに。

俺だってコミック編集者を十年やった。ヒロインを魅力的に見せるのは衣装だけじゃない。ヒロインの露出がなければ人気が取れないって言うんなら、グラビアでもやっていろ！

こころの中ではそう罵倒（ばとう）していたが、冷静さを装って言う。

「もちろん、原作の世界観に沿った形であればそれもありだと思います。だけど、猫耳というのは『鋼と銀』では成立しません。なんでもあり、のファンタジーではなく、きっちり設定がありますから」

「それは失礼しました。でもまあ、出してしまったものは引っ込められませんから、このまま出すってわけにはいきませんかね」

やはり、上田は猫耳娘をレギュラー化したかったのだ。漫画オリジナルのキャラとして、出番をどんどん増やしていくつもりなのだろう。

「いいえ、困ります。次号の戦闘の後、宿を出るところで猫耳娘とは別れる、としてください」

「それは原作者の意見ですか？」

「いいえ、担当編集者としての僕の意見です」

伸光と上田は、はっしと睨みあった。

『ジェッツ！』のコミックの時には、原作者の意向を盾に、さんざんノベライズに文句をつけてきた上田だ。だが、伸光は原作者の名前を盾にするつもりはなかった。原作者の名前を振りかざせば、原作者が悪く思われてしまう。原作者を悪者にしない、それが伸光の編集者としての矜持だった。

「原作者はコミック化も、佐倉さんがコミックを担当されることも喜んでいます。だからこそ、その期待に応えていただきたいんです。なんなら、原作者と引き合わせましょうか？　漫画家さんと会わせた方がうまくいくんじゃないですか？　『ジェッツ！』の時みたいに」

「いえ、佐倉は地方に住んでいますから。スケジュールが詰まっているのにわざわざこっちに出て来てもらう時間がもったいない」

上田はにべもない。伸光はこの辺が引き時だ、と思った。コミック連載は始まったばかりだ。こんなところで頓挫するわけにはいかない。

「ともあれ、ラフ段階でのこちらのチェックが甘かったようですね。次回はきっちりやらせてもらいますから。よろしくお願いします」

伸光はそう言ったが、上田は返事をしなかった。

このクソガキ！

上田の背中に心の中でそうなじって、伸光は『少年アンビシャス』編集部を後にした。


その日は帰宅するなり伸光はソファに倒れ込んだ。

「疲れた〜」

ソファの柔らかさが心地よい。頭から膝までの重みをソファのスプリングが受け止めてくれる。大きめのソファにしてよかった、と思う。

「でも、今日は早かったじゃない？」

亜紀がそう声を掛けてくる。時計は八時を回ったところだ。いつもは終電近くになることが多いので、今日は早い方だと言える。

「打ち合わせが終わってすぐアニメスタジオからそのまま直帰したから。しんどい会議の後、これ以上仕事する気にはなれないよ」

「ご飯食べる？」

「いや、珈琲をがぶ飲みしてたから、まだお腹空いてないや」

そう言って伸光はごまかす。最近は食欲が落ちている。胃が気持ち悪いのだ。ストレスで胃がやられているのだろうが、亜紀を心配させたくないので黙っている。

「今日の打ち合わせはどうだったの？」

「今日はまあ、順調だったよ。第一話だからキャラクターや世界観を紹介する回だし、ほとんど原作の冒頭をなぞった感じ」

「ふうん。じゃあ、いよいよ各話のチェックに入ったのね」

「うん。それで今回から打ち合わせに参加することになった女性のシナリオライターがいてね。その人が作品のことをよく理解してくれる感じなんだ」

「ふうん。なんて人？」

「伊東はるの」

「聞いたことないな」

「まだ若い女性で、アニメの経験はほとんどないみたいなんだ。脚本コンテストで入賞してデビューして、もっぱらドラマの方をやっていたらしい。でも、きっちり原作を読み込んでいるし、シリーズ構成の河原さんより的確なアイデアを出してくれるんだ」

　今回も小さなところで揉めた。河原が、マスコットキャラを出したらどうか、と言い出したのだ。ペット的な小動物がいればエピソードが作りやすい、とも。

　どうしても嫌ということはないが、それでエピソードを膨らませるというのもよくわからない。今ある原作の中にもいろいろ発展させられそうな要素はたくさんあると思うのだが。幸い、伊東はるのも『ペットはこの世界には似合わない』と言ってくれたので、河原もしぶしぶ提案を引っ込めてはくれたが、不満げな顔をしていた。

「ねえ、亜紀?」

「ん?」

「『鋼と銀』って、そんなにつまらないかな。あれをそのままアニメやコミックにしても、面白くないと思う?」

亜紀もこの原作を読んで気に入っていた。伸光が家に持ち帰る新刊を、毎回楽しんでくれている。

「そんなことないと思うわ。私はそれほどアニメに詳しいわけじゃないけど、キャラクターがそれぞれ立っているし、ストーリーも飽きさせないし、メディアミックスには向いていると思うけど」

「だよね。原作そのままのテイストでも、面白くできるはずだよね」

わざわざ猫耳エプロン娘やマスコットキャラなど出さなくても、翔也やアグレシカをもっと好きになってくれれば。銀色の森で繰り広げられる、亜獣(あじゅう)と人間たちの息詰まるように激しく、もの悲しい戦いに、もっと思いを馳(は)せてくれれば。

伸光の目の奥に、まだ見ぬアニメの映像が浮かんでいる。

銀色の木の葉が翻(ひるがえ)る森の中で、翔也とアグレシカが疾走している。そこに併走する亜獣の群れ。一匹が方向を変え、翔也に躍りかかる。それを鮮やかな太刀さばきで斬って捨てるアグレシカ。しかし、その血の匂いで、亜獣たちはさらに猛り狂う……。

「たぶん、監督の石破さんのやりたいことが、この原作にうまく見出せていないのかもね。それが重なれば、きっとうまくいくんでしょうけど」

亜紀の声に、伸光は我に返る。

「もともと石破監督にはやりたいと思っていたファンタジー作品があって、そのイメージに引っ張られている感じがするんだよ」

「それは困るね。仕事なんだから、うまく折り合いつけてほしいよね」

「そこが難しいんだ。アニメの世界は金を儲けようと思って入ってくる人はほとんどいない。その分、好きな仕事かどうかとか、やりがいがあるかってことにこだわる人が多い気がする」

ある有名なアニメ監督がテレビシリーズを手掛けていた時、あまりに進行が悪く、放映ぎりぎりまで上がらない、ということが続いた。それでテレビ局サイドの人間が「仕事なんだからスケジュールを守ってください」と注意したところ、監督に「こっちは仕事でやってるんじゃない！」と逆切れされた、という有名な話がある。

仕事でなければ何なのだろう。

趣味？　芸術活動？

こっちは魂削って作品創っているんだ。

きっとそんなことを言うのだろう。漫画家も小説家もそれは同じだ。仕事でなくても創りたい作品は創る。そういう人間も多いだろう。

だけど、漫画や小説と違って、アニメの制作費は本人が負担するわけじゃない。それに、原作つきのアニメは原作者の名前で仕事ができるのだ。だったら、もうちょっと折り合いをつけてくれてもいいんじゃないだろうか。

もちろん『仕事じゃない』なんてことを言う人間は、アニメ業界でもほとんどいないはずだ。だけど、そういう面倒な奴ほど、傑作を創ったりするんだよな……。

「それで、原作の方は順調なの？」

「こっちも難航している。五巻目から舞台が変わるから、いろいろと考える部分も多いんだと思うけど……今月いっぱいで第一稿が上がる予定なのに、まだ半分も書けてないみたいだ。取手まで打ち合わせに行けるといいんだけど、会議ばかりでなかなか時間が取れなくて歯がゆいよ」

「毎週水曜日の午後はアニメスタジオ通いだものね」

その日はシナリオ会議がある。原作者の代理として、伸光は出席を義務付けられている。各週一話分のシナリオを冒頭からラストまでチェックする。午後二時から始まって、四時間、五時間ぶっ続けで話し合うのだ。

「社内でも、営業戦略会議とか、コミックとの調整会議とか、メディアミックス絡みでやたら打ち合わせが増えた。もちろんレギュラーで部決会議とか編集長会議とか部内会議とかもあるし。そろそろ疾風文庫大賞の選考も始まるし。……ほんと、昼間は原稿を読む時間がまったく取れないんだ。俺はほんとに小説の編集者なのか、と自分で思うよ」

　作家から上がってきた原稿を読み、それがよくなるように作家と共に考える。それこそが編集者の仕事の肝のはずなのに。

「私も似たようなものかな。やっぱり自分で棚を作っていないと、書店員っていう気があまりしない」

　亜紀がちょっと寂しそうに言う。亜紀は書店に勤めているものの、本部勤務だから棚を触ったり、平台を飾ったりすることはない。接客することもない。亜紀の仕事は現場に情報を流したり、企画を取りまとめたり、版元と折衝したりすることだ。一書店員がやるよりは大きな仕事と言えないでもないが、現場の好きな亜紀にはあまり楽しいことではないだろう。

　だが、この話を突き詰めると、結局は子育てと家事の分担の話になってしまうので、伸光はうかつなことが言えないと思う。亜紀が子どものためにあきらめたことの半分も、自分は手放さずにいるのだから。

「ところで、原先生はアルバイト辞める決意はしたの？」

亜紀が自分から話題を変えたので、伸光はほっとした。

「それが、まだなんだ。せめて行く回数を減らしてくれって頼んでるんだけど、それも渋っていてさ……。書店バイトがよっぽど楽しいのかな」

「それって、もしかして……」

亜紀の顔が何か企(たくら)んだような、愉快そうな顔になった。

「もしかしてって、何？」

「バイト先に好きな女の子がいるんじゃないの？」

「えっ」

思いがけない言葉だった。原のあのストイックな感じから、女性の匂いはまったくしない。そもそもちょっと前までは家に引きこもっていた男なのだ。恋愛からはうんと遠くにあるのだと思っていた。

「だって、書店って女子が多いじゃない。バイト仲間の可愛い子とかに想いを寄せても不思議じゃないでしょ」

言われてみればそうだ。取手の店も、学生バイトを何人も使っているが、だいたいが女子だ。可愛い子もいたと思う。

「そうか……。それならまあ、わからないじゃないけど」

「もしそうなら、応援してあげるべきよ。恋愛のためなら作家業とバイトの両立も、きっと頑張れると思うよ。世間には医者を続けながら小説書いている人だっているんだし。それに比べればたった週三日、それも半日のことじゃない。作家にとっては恋愛も肥やしでしょ。キャラクターの描き方ひとつとっても、恋愛経験のあるなしで変わってくるんじゃない？」

「言われてみればそれもあるかも。アグレシカのキャラクターも最初はわりとラノベにありがちな王道のキャラだったけど、巻を重ねるごとに深みが出ているし。最新刊でも、ふたりの掛け合いがすごくいいって感心したんだけど……」

それは、戦闘の合間に気を抜いたアグレシカがうたた寝をしてしまうというシーンだ。

ふと目覚めた時、翔也がずっと傍にいたことに気づいて、アグレシカは赤面した。

「裸をみられるより恥ずかしい」

と、嘆く。この世界のモラルは、翔也の知ってる世界とは違うらしい。そう言え

ば、野宿する時でもアグレシカは一人用の簡易テントに籠(こも)って、寝顔を見せたことがなかった。そう気づいた翔也は、

「だったら、僕も寝るから、僕の寝顔を見るといい。そうしたら、君も僕の恥ずかしいところを知ったことになる」

「馬鹿、そっちの方がもっと恥ずかしい」

「どうして?」

「お互いの寝顔を知ってるってのは、許嫁(いいなずけ)か夫婦だけだ。おまえの世界ではどうか知らないが、寝顔を見せるってことは結婚を約束するってことと同じだ」

「それは知らなかった。ごめん」

「うかつなことを口にするな。知らなかったじゃ、すまないこともあるんだから」

そんなアグレシカのことを、翔也はかわいいな、と思った。いつもは戦士然としていて弱いところを微塵(みじん)も見せない彼女が、寝顔ひとつで顔を赤らめて恥ずかしがる。ツンデレなんて言葉もあるけど、いつもはしっかりしている女性に、ふいに弱いところを見せられると、男としては『守ってやりたい』と思うものなんだな。

守ってやりたい。

そう、いつまでも僕はお荷物ではいけない。アグレシカを助け、一緒にいることで二人がより強くなれるよう、僕が頑張らなきゃ。

翔也の中にふつふつと熱いものが込み上げてくる。それは、いままで知らなかった感情だった。

「僕も、いつまでもお客さんじゃダメだな。この世界の法則や武器の使い方を覚えて……もっと役に立つ人間になるよ」

きみのために、と喉元まで出掛かった言葉を、翔也はかろうじて飲み込んだ。そんなことを言ったら、アグレシカに笑われるんじゃないか、と思ったのだ。

「言葉ではなんとでも言える。わかったなら、行動で示せ。百万の提言よりも、たったひとつの行動の方が役に立つ」

アグレシカはそれだけ言うと横を向いた。寝跡がうっすらと頬に赤く残ったその顔を、翔也はいままででいちばん美しい、と思っていた。

この部分を読んだ時、伸光は原が少し変わったな、と思った。相手の美しさや強さを一方的に享受するだけでなく、こちらからも相手に働きかけようとする、それ自体がいままでの巻にはなかったのだ。その微妙な変化をうまく描いたシーンだった。

「ね、作家にとってはマイナスになる経験なんてないのよ。とくに恋愛ならうまくいってもダメになっても、いい貯金になる。だから、応援してあげて」

亜紀が妙に強く原の恋愛を擁護する。亜紀は世間一般の女子よりさばさばしているが、やっぱり女子っぽく他人の恋愛にも関心が高いのだろうか。

「まあ、ちょっと気を付けて様子見ることにするわ」

「うん、それがいいよ。だけど、そろそろお腹空いてきたんじゃない？　おかず温めようか」

亜紀はそう言いながらキッチンに足が向いている。

「うん、頼むわ」

空腹はほとんど感じていなかったが、自分が食べ終わらないとキッチンが片付かない。亜紀の思いを察して、伸光はそう返事をしていた。

13

彩加は迷っていた。伯母からは、店を継ぐかどうか、なるべく早く決めてほしいと言われている。彩加がもし帰らないとしたら、丸々大田に店を貸すつもりだ。その場合は本屋は廃業する。大田が現在の店にいられるのはあと半年。その前に、できれば店の内装工事を終え、大田が切れ目なく商売できるようにしてやりたい。

しかし、彩加の方は、取手店は閉店しても本の森チェーンの別の店に移ることはできる。どこの配属になるかは、近いうちに提示されるはずだ。まだこの組織の中でやることはあるんじゃないだろうか。

それに、大田が伯母の計画を話さなかったことも気になっている。大田自身は伯母の申し出を迷惑に思っているんじゃないだろうか。彼なら、もっといい条件で店を借りることができる。大田の焼くパンは、沼津の新しい名物となりつつあるから。商店街の古い本屋をわざわざ改装しなくても、立地や設備のもっといいところ、あるいは沼津でなく東京でだってやっていけるだろう。伯母に遠慮して、言いたいことも言えないのではないのだろうか。

こんな風に迷っている状況では、新しいビジネスを始めるなんて無理だ。だけど、伯母が大田に店を完全に譲って書店業をやめてしまうのであれば、田舎に戻ることはできなくなる。資金もないのに、一から本屋を開業することはできない。家賃はおろか取次と契約することすらできないだろう。

どうしたらいいのだろうか。

彩加が迷っている間にも時間は過ぎていく。取次と扱う雑誌を減らしていく算段をしたり、本部と閉店後の段取りを話したりするために、店を開けることも増えた。その日も本部での会議があった。

そして、取手店閉店後の彩加の身の振り方が決まったことを、三田村部長から伝えられた。

「ほんとうはまだ伝える時期じゃないが、この先の方向性が定まっていた方が、君も閉店作業を頑張れるだろう。配属は立川店だ。前と同じ中央線沿線だし、君が吉祥寺店にいた時副店長だった日下部くんが、いまは立川店の店長をしている。あそこもテコ入れの必要な店だから、宮崎くんが来てくれるならありがたい、と言っていた。まあ、早々に決まってよかったな」

それでも、上層部は私のことを気遣っていてくれるらしい。三年待つという約束を反故にしたことを、少しは申し訳なく思ってくれているのだろうか。

「はい、ありがとうございます」

そう言って頭を下げたが、気持ちは晴れなかった。それどころか、ますます気重になる。

立川。

吉祥寺から七つか八つ下ったところにある、中央線でも大きい方の駅だ。大好きな吉祥寺の街も近くなる。吉祥寺の近くに部屋を借りて、そこから通うこともできる。急な閉店での異動なので、会社も気を遣ってくれたのかもしれない。千葉とか群馬とか、全然土地勘のないところに飛ばされることだってあったのだから。

だけど、ちっともわくわくしない。なぜだろうか。

店長が好きになれない、ということも理由のひとつだ。吉祥寺店でいっしょに働いていたから、日下部茂彦がどういう人間かはよく知っている。要領よく立ち回って、自分はなるべく仕事をしないですまそうとするタイプだ。その分、下の人間は苦労する。やる気のある人間ほど嫌になる。そんな店長の下で、また何年か過ごすことになるのか。今まで小さい店なりに店長として自由裁量でやらせてもらった分、好きでもない上司の顔色をうかがいながらやって行くことに耐えられるだろうか。

そんなことを考えながら取手駅に着いた。階段を上って自分の店に入ったところで、スマートフォンが鳴った。

着信の名前を見てどきっとする。

大田英司だ。

お客はいないが、店から一歩外に出て電話に出た。

「もしもし」

『彩加さんですか？　いま大丈夫ですか？』

「はい。少しなら」

『あの、もしお時間が取れるようでしたら、一度こちらに帰っていらっしゃいませんか？　前田さんのお店のことについて、ご相談させていただければと思いまして』

「そうですね。それがいいかもしれません」

『取手のお店で頑張っていらっしゃるのに、すぐにこちらに戻られるというのは難しいのでは、とは思いますが』

「そうですね。書店は一度廃業したら、改めて始めるのは難しいんです。初期投資が掛かりますし、取次との契約も結べるかどうか。だから慎重に考えないと」

『では、しばらく間を置いて、数年後にまた本屋を再開するわけにはいかないんですね』

「ええ。やめるのは簡単ですが、新しく始めるのは難しいんです」

『では、もし彩加さんが本屋を継ぐのであれば、前田さんがお店を閉める前に戻られないと、ということになるのですね』

「ええ。だから難しいんです。でも、申し出はたいへんありがたいですし、伯母がやめる決意をする前にちゃんと話をした方がいいだろう、と思います」

『わかりました。いつ頃来られそうですか？』

「そうですね。できるだけ早く行きたいのですが、ちょっとごたごたしていまして。再来週火曜日くらいになりそうです」

『火曜日はありがたいですね。僕の方も定休日ですから』

「そうですか。では、時間がはっきりしましたら、連絡しますね」

そうして電話を切ると、レジの中にいるアルバイトの幸崎郁歩が何か問いたげにこちらを見ている。

「何か？」

「いえ、あの……ちょっとお話があるんですけど」

「今ならいいですよ」

お昼の二時過ぎなので、一日のうちでいちばんお客の少ない時間帯だ。今も狭い店内には誰もいない。

「アルバイトの件、どうなりました？　新しい人、みつかりましたか？」

「本部の方に申請しているのだけど、まだ許可が下りないのよ。それで、告知をすることができなくって」

彩加はでまかせを言う。閉店が決まっている店なのに、新規のアルバイトの募集を掛けるわけにはいかない。

「そうすると、どうなるんですか？　私、今月いっぱいで辞めることできるのでしょうか？」

「ああ、それはもちろん。そのつもりでいるし」

郁歩が抜けた分は、自分がなるべく補填するしかないだろう。

「ほんとに、大丈夫なんでしょうか？　私だけでなく、田中くんもそろそろ辞めるんじゃないかと思うんですけど」

「えっ、本人がそんなこと言っていた？」

「いえ、そうじゃないですけど、バイト仲間みんな噂しています。売れっ子作家になったのに、いつまでもうちでバイトするわけにはいかないだろうって。……それに、ストーカーの件もあったし」

「ストーカーってのはおおげさだと思うけど」

その男は、この店に二回訪ねて来ただけだ。田中が作家の原滉一だと知っていただけで、特にこちらに迷惑を掛けたわけではない。

「おおげさじゃありません。最近じゃ、ファン心理がヘンな風にねじ曲がっている人も多いし、用心しないと何が起こるかわかりません」

「そうかしら」

「そうですよ。店長、最近何かあったのでしょうか？」

「えっ？」

「前ほど仕事に集中されていない感じがして」

どきっとした。まさに図星(ずぼし)だ。

「どういうところが？」

「たとえば、来月のフェアの件、もう準備進めないとまずいですよね」

「えっ、ああ忘れていた」

「ほら。いままでの店長だったら、フェアを忘れるなんてなかったじゃないですか」

「それは……」

どう弁明すればいいのだろう。彩加は内心冷や汗をかいている。

「店長まさか……」

郁歩が疑うような目で詰め寄ってくる。

「まさか、何？」

「会社辞めようと思っているんじゃないですよね？」

「いえ、そんな……」

「聞こえたんです。いま、電話で『やめる決意をする前に話をした方がいい』っておっしゃってたでしょう？」

「えっ？」

そんなこと言ってたっけ？　彩加は大田との会話を頭の中で反芻する。

「ああ、それはうちの伯母の話でね。沼津でお店をやってるんだけど、そろそろやめたいって言うのよ。だけど、それはもったいないって友だちと話をしていてね。

説得しに行こうって言ってたの」

言葉にすると、いかにも嘘くさい。郁歩は、そんな話は信じられない、という目をしている。

「じゃあ、店長は辞めないんですね？」

「ええ、もちろん」

とは言ったものの、本当だろうか。

この店がなくなった後、立川に行くかどうか、まだ心が決まっていないのに。もしかしたら、沼津に戻って、伯母の店を手伝うかもしれないのに。

「伯母のごたごたで、気持ちが仕事に集中できなかったかもしれない。心配掛けてごめんなさいね。これからは、そうならないようにちゃんとするから」

「……わかりました」

郁歩は納得していないようだが、彩加が強い口調で言ったので、それ以上は追及することなく引き下がった。郁歩はレジに戻り、彩加は返品する本の箱詰めを始めた。

「すみません、今日発売の『月刊コレクター』はありませんか？」

お客が入って来て尋ねる。

「はい、お待ちください」

郁歩がレジを出て、雑誌の棚を探す。

「はい、えっと……あれ、おかしいですね。毎号入っているはずなんですが」

その雑誌は、取次と相談して入荷をやめた雑誌のひとつだった。

「売れてしまったみたいですね。申し訳ありません」

郁歩がそう言って頭を下げる。

「おかしいな。ここならあると思ったのに」

「そうですね。いつもならしばらく残っているんですが」

郁歩と客の会話を聞いて、彩加はいたたまれない。

閉店の話はまだ禁物だ。だから、スタッフにもお客さまにも説明はできない。

正式に言える時が来るまで、こうして嘘をつき続けなければならないんだな。

今までスタッフとは協力してやってきたのに、距離ができてしまった。本当なら、いっしょにやってきたみんなとこそ、閉店する悲しみをわかちあいたいのに。

返品する本を棚から抜き取っていく。まわりには気づかれないように、棚の本を少しずつ減らしていく。それまで棚差ししていた一段を、面陳つまり表紙を表にして並べる棚にする。そうすると見栄えがよくなるし、そこに置く本も少なくて済むのだ。

終わる頃には、ここは何冊になっているのかな。

最後の日には、どんな棚になっているんだろう。

彩加は粛々（しゆくしゆく）と本を抜き取っていく。段ボールの中は抜き取られた本が乱雑に積み重なっていった。

今日はいつも以上に慎重にならなければ、と思いながら、伸光は会議に参加していた。回を重ねるごとに、石破監督とシリーズ構成の河原の機嫌が悪くなっていく。伸光が発言するごとに、それが名前の勘違いとか事実誤認レベルの注意についてであっても、いちいち嫌そうな反応を返す。伸光は自分がすっかり嫌われてしまったことを自覚していた。だから、極力発言は控えているのだが、今回は言わないわけにはいかない。世界観に関わる問題だったから。
例によって胃が気持ち悪い。憂鬱（ゆううつ）な会議の前だからだろう。お昼に食べた親子丼が胃にもたれている。胃薬を飲んでおけばよかった。
「第四話のシナリオ、すでに目を通していただいていると思いますが、何かご意見は？」
小林がみんなに尋ねた。この日はアニメ制作側のプロデューサーの郷田が別の会議で席を外しており、やむなく小林が司会をすることになったのだ。

後から思えば、それがまずかったのだろう、と伸光は思う。

「あの、ちょっといいですか？」

伸光が挙手をした。

「はい、小幡さん、どうぞ」

伸光は深呼吸をする。参加者全員の視線が自分に向けられているのを感じる。伸光は愛想笑いを浮かべた。

「あの、読ませていただいて、とても面白いと思ったのですが、ひとつお願いがあるんです」

河原がこちらを睨みつける気配を感じる。しばらく前から河原は、伸光に対して敵意をむき出しにするようになっていた。そちらを見ずに伸光は話し続ける。

「今回メインで猫耳娘が登場しています。でも、猫耳娘というのは、『鋼と銀』の世界には出てきません。キャラクターの設定を変えていただけないでしょうか」

ざわっと会議の席に緊張感が走った。

「それはおかしいでしょう」

指名されていないのに、河原が強い口調で抗議する。

「猫耳娘というのは、おたくの会社のコミックに出てきたじゃないか。しかも、カラーの表紙で。それを受けて今回登場させたんだ。コミックではよくて、なぜアニメは駄目なんですか？」

「まあ、河原さん、落ち着いて」

小林が宥めようとするが、河原は黙らない。そもそも原作側のプロデューサーに対して河原はあまり重きを置いていない。原作サイドと言ってもスポンサーであれば別なのだろうが、今回出版社側は出資していないのだ。

「猫耳のどこが悪い。受けようと思ったら、それくらいのファンサービスは必要でしょう。原作にはそういう華がちっともないんだから」

「とは言っても、もともとの設定とは……」

「じゃあ、なんで漫画はＯＫなんですか？」

「漫画の方も、本来はＮＧです。今回は手違いで掲載されましたが、次号からは猫耳娘は出てきません」

「手違い？　どうしてそんなことが起こるわけ？　しかもカラーで？」

「それは……」

伸光は答えようがない。コミックについては『少年アンビシャス』編集部の暴走だ、などと身内の恥のようなことを言えるわけがない。

「こっちだって、ずいぶん妥協してシナリオを作っているんです。原作に忠実に、オリジナルも原作の世界観から逸脱(いつだつ)しないように。だから、今回のストーリーだってコミックを参考にして起こしたんです。コミックはそっちの会社の公式の出版物だと思ったから。それでも駄目と言うなら、何をとっかかりにしたらいいのか、全然わからない」

「ストーリーは面白いです。世界観に合うのであれば、このままでいいと思うのですが、残念ながら……。猫耳でなくて普通の女の子では駄目でしょうか。猫耳でなくても成り立つストーリーだと思うのですが」

　伸光はあくまで穏やかに言おうと心掛ける。だが、そんなことで態度を変える相手ではなかった。

「成り立つ成り立たないの問題ではなく、これはうちとおたくの信頼関係の問題です。一方では猫耳を許可して、こっちでは駄目だと言う。それはうちが外部スタッフだからですか？　アニメの下請(したう)けだから、そちらの思い通りにできると思っているのですか？」

　監督の石破までそう言い出す始末だ。

「そんなこと、思っていません。うちはＧＩＧさんで作っていただけてありがたいと思っています。ラッキーだと思っています。だからこそ、アニメと小説がうまくいくように僕は……」

「もうやってられない。二言目には原作が、原作がって言われては、こちらとしてはどうしようもない。俺は降りさせてもらいます」

河原がついにその言葉を口にした。いつ言い出すか、伸光が恐れていた言葉だった。

胃にきりりっと痛みが走った。

「待ってください。そんなつもりは……」

河原は伸光の弁明を無視して席を立った。そして、そのまま会議室を出て行く。部屋を出る時、いまいましそうに大きな音を立ててドアを閉めた。

「河原くんが降りるなら、僕もやる意味はないですね。僕は河原くんと一緒でないと、監督をやるつもりはないですから」

伸光の頭は真っ白になった。

とうとう監督まで……。

石破の方は静かに出て行った。伸光にはその姿がスローモーションのようにゆっくり動いているように見えた。

残されたスタッフは呆然として、しばらく沈黙していた。郷田がいないので、この事態の収束（しゅうそく）を図れる人間がいないのだ。

「どうしましょうか？」

しばらくの沈黙の後、脚本家の伊東が司会の小林に尋ねる。

「残念ですが、今日は中止しましょうか。監督とシリーズ構成もいないのに、シナリオ打ち合わせはできませんから。近いうちにまた改めて会議を招集します」

小林の言葉に、みんなはやれやれと言うように立ち上がった。しかし、みな沈黙したままである。ぞろぞろとスタッフが出て行った後に、小林と伸光だけが残った。

「すみません、こんなことになってしまって」

胃がきりきりと痛む。身体がこのストレスに悲鳴を上げている。

「いいんですよ。遅かれ早かれこうなるんじゃないか、と思っていましたから」

小林も疲れた顔をしていたが、そう言って伸光を労った。

「でも、僕がもうちょっとうまくやれていれば……」

気持ち悪くて吐きそうだ。これでも気を遣っていたのだ。だが、彼らは最初から自分を敵とみなし、協調するつもりはなかったのだ。こうなるのは必然だったかもしれない。

「いえ、小幡さんは間違っていないと思いますよ。原作には守らなければならないものがありますし、それを伝えるのが小幡さんの仕事ですから。でも……」

「でも？」

「この段階でスタッフ交替は痛いですね。石破さんが降りたとなると、ほかのスタッフも遠慮して引き受けにくいでしょうし。それにスケジュールが空いてるスタッフがいるかどうか……」

そもそも石破と河原に決まったのも、ほかのスタッフは仕事を抱えているからなのだ。

「そうなると、GIG以外から監督を連れて来るってことになるんでしょうか?」

「まあねえ。ただ、石破監督と揉めたということになると、悪い噂が広まりますからね。引き受けてくれる人がいるかどうか……」

噂千里を走る世界だ。原作側と揉めて石破監督が降りたという噂は、すぐに業界中に広がるだろう。

「とりあえず、僕はここに残って、郷田さんの会議が終わるのを待ちますよ。一刻も早く手を打ってもらわないといけないので」

「そうですか。じゃあ、僕は帰ります」

ビルの外に出ると、小雨が降っていた。朝は晴れていたので、傘を持たずに出たのだ。

いいや、このまま濡れたって。そんなにひどくないし。

伸光はそのまま外に出た。目の前の街並みは雨で微(かす)かに煙(けぶ)って見えた。首筋に雨のしずくが当たる。だが、ちっとも冷たくは感じなかった。むしろ、のぼせた頭にはこの雨が気持ちいいくらいだ。ただ、時折睫に当たるしずくが、視界を邪魔して前方を見えにくくする。それだけが鬱陶しかった。

マンションのドアを開ける。

「ただいま」

と言っても、返事をする者はいない。まだ昼の三時過ぎなのだ。亜紀は会社にいる頃だし、息子の光洋は保育園で今頃お昼寝しているだろう。

スタジオＧＩＧのある三鷹駅から自宅のある西荻窪駅まではわずか二駅だ。まっすぐ会社に戻る気にはなれず、そのまま家に帰って来た。どちらにしろ、今日は夕方まで会議の予定だったのだ。すぐに編集部に戻らなくても、誰も気にしないだろう。

それにしても疲れた。いままでひと月以上、石破監督とうまくやろうと思っていたのだ。それなのに、結局駄目になった。最悪の形で決裂した。

メディアミックスは本当に面倒だ。本を作るのであれば、自分と作家と二人だけでたいていのことは決めてしまうことができる。だけど、アニメは大勢の人間が関わって、ああだこうだと意見を戦わせる。それだけでもずいぶん勝手が違って消耗するが、今日みたいな日は本当にどうしていいかわからない。

何も言わない方がよかったのか。アニメはアニメ、と目を瞑るべきだったのか。

シャツが雨で濡れているのもかまわず、伸光はソファの上に崩れるように倒れ込んだ。そのまま目を閉じる。胃がしくしくと痛んでいる。アニメの打ち合わせが始まって以来、この痛みとは馴染みになってしまった。

もう今日はこのまま会社に戻らずにいようか。

なんだかもう疲れてしまった。今日は仕事したくない。

何もかも、めんどくさい。このままここで眠ってしまいたい。

そして、そのまま本当に寝落ちしてしまったらしい。微かな携帯音が響いて、はっと我に返った。

あれ、俺いまどこにいるんだ？

あたりは陽が翳り始めている。一瞬どこにいるか、自分でもわからなかった。

あ、そうか。打ち合わせが半端な時間に終わって、一度家に戻ったんだっけ。

スマートフォンはまだ鳴っている。伸光は手に取って着信相手を確認する。会社だ。眠っている間に何度も掛かってきた形跡がある。

「もしもし」

『ああ、よかった。やっと繋がった』

「森野か？　どうした？」

『あの、いまどちらにいらっしゃいますか？』

「いや、ちょっと西荻の喫茶店に」

家で寝ていたとは言えず、ごまかした。

『会社には何時に戻られますか？』

「いまからだと、えっと……小一時間後くらいかな」

時計を見る。いまは夕方の五時半過ぎだ。二時間以上眠っていたらしい。

『できるだけ早く戻ってください。ちょっとトラブルがありまして……。それに部決資料、今日中に営業に出さなければいけませんが、編集長の机の上に置きっ放しになっていますし』

「トラブルって、なんのこと？」

その言葉だけで、みぞおちのあたりにずきんと痛みが走る。

『ちょっと電話では……』

「わかった。すぐ戻る」

森野の暗い声の調子が、トラブルの重さを匂わせていた。

できるだけ早く戻った方がよさそうだ。

伸光は立ち上がった。放り出してあった鞄を持って玄関に向かう。ドアを開けたところで、亜紀と光洋と鉢合(はちあ)わせした。

「あれ、もう帰っていたの？」

「パパ！」

光洋が嬉しそうに抱きついてきた。

「ちょっと忘れ物。またすぐ会社に戻らなきゃいけないんだ」

そう言いながら伸光は息子を抱き上げ、高い高いをした。息子はきゃっきゃとはしゃいでいる。そして、伸光は息子をゆっくり床に下ろすと、

「ごめん、パパまたお仕事なんだ」

「行かないで」

デニムにしがみついてくる息子の細い指を、切ない思いで剝(は)がしていく。

「せめて、ご飯を食べてから戻るわけにはいかないの？」

亜紀がそう言って引き留める。

「ごめん。今日は無理みたい。仕事終わったら、連絡する」

そうして、「じゃあ、ばいばい」と、息子に手を振ると、光洋は「行っちゃいや」と泣きはじめた。その声を背中に聞きながら、伸光は未練を断ち切るようにエレベーターに向かってダッシュした。

　仲光が編集部に戻ると、緊張した表情の森野が出迎えた。

「お帰りなさい……編集長、顔色悪いですよ」

　森野の気遣いを無視して、仲光は質問する。

「トラブルって、何が起こったの？」

「今月発売の『僕と妹の異世界放浪記』にイラストのページの間違いがあったんです。それで、作家の真壁（まかべ）ひろむ先生が怒鳴り込んで来て、いま会議室で待ってらっしゃるんです」

「イラストの間違い？」

　その本は仲光自身が担当していた。何かあれば仲光の責任である。

「ここと、ここです。このふたつの場所が入れ替わっているんです」

　森野が問題の文庫を差し出した。問題のページには付箋（ふせん）が貼られている。

「……俺の指定ミスか」

　森野は答えなかった。編集長に対して「あなたのミスだ」とは言えなかったのだろう。

「今日が発売日なので、読者からも問い合わせが来てるんです。真壁さんも読者の指摘で気づかれたみたいで……」

「見本が出た段階で、ちゃんとチェックすればよかったな。いや、そもそもその前の指定段階で間違えなければよかったんだが」

本来は見本が届いた段階で、ミスがないかを編集担当者がチェックする。校了段階で間違いがなくても、印刷や製本の段階でこうしたミスが生じないとも限らない。それを確認するための見本である。しかし、今回は見本を見ている時間がなかった。いろんな仕事が山積みになっていて、終わった仕事をちゃんと確認する時間が取れなかったのだ。

「仕方ないです。その見本は僕も見ていましたが、気づきませんでした。ページが入れ替わっていても影響のない絵柄でしたから」

そう言って森野が慰めてくれるが、ミスはミスだ。取り返しがつかない。これは自分の仕事の一番大事な部分だ。ここでミスをするなんて。胃がきりきり痛んだ。

「これは……全部回収だな」

「そこまで必要ですか？　確かに、本文をちゃんと読めばおかしいな、と思うかもしれませんが、ほとんどキャラの紹介みたいな絵ですし、入れ替わったところであまり影響はないのでは？」

「それはそうだけど……うちの読者は納得しないだろう」

ラノベはほかの文芸よりも読者との距離が近い。そして、読者は熱心だ。好きなものは熱く応援してくれるが、その分こういうミスも許してはくれない。

伸光は唇を噛む。こんな大変な時に、自分は家でのうのうと寝ていたのだ。

「瀧さんは何か言ってきた？」

瀧春香は、この作品のイラストレーターの名前だ。

「いいえ。連絡は取ったのですが、『それは仕方ないですね。締め切りを守らなかったこっちも悪いですから』と、おっしゃっていました。瀧先生はベテランですし、こうしたミスには慣れているみたいです」

瀧はキャリアも長く、下積みの苦労も経験している。だから、こちらのミスに対しても寛大だ。この業界で、こうした優しさを示してくれるクリエーターはほんとうに貴重だ。その性格の良さも、瀧の仕事が途切れない要因のひとつだと伸光は思う。

「瀧先生は、ほんとにいい方だ。こっちの状況をわかってくださる。なるべく早く謝りに行かなきゃいけないが、ともあれ、真壁先生の方だな。いま、どちらに？」

「奥の第二会議室にいらっしゃいます」

「怒っていらっしゃるんだろうな」

「それは……。松江さんがずっと相手をしてくださっているんですが……」

「そうか。じゃあ、叱られに行ってくるわ」

いくら言い訳しても仕方ない。これは自分のミスだ。重い気持ちを抱えながら、第二会議室のドアをノックした。

「どうぞ」

松江の声だ。ドアを開けると、松江のほっとしたような顔と、怒りに満ちた真壁の顔が目に飛び込んでくる。

敵意むき出しの顔を見るのは、今日は二度目だな、と伸光は思う。昼間の件だけでも消耗しているのに、正直しんどい。

「このたびは、たいへん失礼しました」

いきなり伸光は頭を下げた。非はこちらにあるのだから、弁明のしようがない。

「ほんとに、なんでこんなことになったんですか？　事情をちゃんと説明してください」

目が三角になっている。イラストレーターの方は何も言ってこないのに、小説家の方が過剰反応しているのはおかしなことだが、真壁だからそれもおかしくはない。

「外出しておりましたので、まだ印刷所の担当とは話ができていないのですが、おそらく私の指定ミスだと思います。イラストがぎりぎりで上がりましたので、白焼きで貼り込んだのですが、そこで間違えたのではないか、と」

胃がむかむかする。お昼に食べた親子丼はもう消化されているはずなのに、まだ胃の中に残っているみたいだ。胃の中のものを吐いてしまいたい。

「小幡さん、編集長じゃないですか。どうしてそういう初歩的なミスをするんですか？　僕はもちろんだけど、瀧春香先生に対して失礼でしょう」

瀧春香の代わりに自分が怒っているのだ、と言わんばかりだ。

「ごもっともです」

編集長という言葉を聞いて、胃がきりっと痛んだ。

「それとも、僕が新人なので、舐めているんじゃないでしょうね」

真壁は昨年デビューしたばかりの新人だが、それ以前はずっと漫画家のアシスタントをしていた。漫画ではプロデビューがかなわず、小説で花開いた。しかし、アシスタント時代についた漫画家が悪かったのか、漫画デビューできなかった恨みがあるのか、業界ズレしているうえに妙に屈折（くっせつ）したところがある。若い編集者には扱いが難しい作家ということで、伸光が担当を引き受けたのだ。

「とんでもない、僕はそういうことで仕事のやり方を変えるつもりはありません」

「とは言っても、小幡さん、忙しくてなかなかつかまらないじゃないですか。『鋼と銀の雨がふる』のアニメ化で動いているんでしょう？」

「どうしてそれを」

思わず問い返した。公にはまだアニメの制作発表はされていない。

「アニメ関係の仕事している友人から聞いたんです。こう見えても、いろいろコネはあるんで。そっちで小幡さんの噂も聞きましたよ。小幡さんが作品の世界観にこだわるので、現場は閉口(へいこう)しているそうですね」

ああ、これだから業界ズレしている人間はやっかいだ。目の前の事実よりも、噂の方に重きを置く。そして、噂で人を判断するのだ。

「そっちが忙しくて、僕の仕事は手を抜いたんじゃないですか？」

そんなつもりはない、と言おうとして、伸光はふと自分に問い掛けた。

ほんとうにそうだろうか。真壁の本に懸ける想いと『鋼と銀』に懸ける想いは等分だっただろうか。

『鋼と銀』の仕事の方がはるかに魅力を感じているのではないか。そちらの小説の方が読者も多いし、作品の魅力もある。そちらに気を取られて、ほかの仕事がおろそかになったのではないか。

気持ち悪い。胸の奥からむかむかせり上げてくるものがある。

「手を抜いたつもりはありません。でも……」

「でも、こうしてミスが出ているんですよね。それってやっぱり」

「すみません、ちょっと失礼します」

伸光は気持ち悪さに耐えきれず、席を立った。そして、部屋の隅にティッシュ箱があるのをみつけ、走り寄ってティッシュをつまみ取る。

げほっ、げほっ。

口を押さえるのと、咳が出るのとはほぼ同時だった。咳と共にどろっとしたものが口から大量に流れ落ちた。

「編集長！」

「小幡さん！」

ふたりの声が同時に響く。ティッシュはどす黒いもので汚れていた。ティッシュだけでは受け止められず、指の間から黒いものがびしゃびしゃと大量に滴り落ちた。床がみるみる赤黒く染まっていく。

これは……血なのか？

目の前が真っ赤になった。

脚の力が抜けて自分の身体を支えきれず、伸光はゆっくり前に倒れていった。

15

目を開けると、心配そうな亜紀の顔が目に飛び込んできた。その隣で光洋が「パパ、目が覚めた」とはしゃいでいる。

「……いいの？」

麻酔で頭がぼうっとして、声もうまく出せない。光洋は寝かせなくて大丈夫か、と言いたかったのだ。亜紀はそれを察したらしく、

「もうすぐ母が光洋を迎えに来てくれる。今日は国立の方に泊めてもらうわ」

と、答えてくれる。

「亜紀は？」

倒れたのが会社でよかった。亜紀や光洋には、あんな風に出血するところを見せたくない。いまでも、腕に点滴をされている姿なんてカッコ悪くて仕方ない。

「私はもうちょっとここにいる。胃潰瘍だって甘くみると、たいへんなんだから。出血で死ぬ人だっているんだよ」

亜紀はおどけた口調で言うが、涙目になっている。顔色も悪い。亜紀の方こそ倒れそうだ、と伸光は思う。

吐血した後、すぐに救急車で病院に運ばれた。幸い会社から歩いても十分掛からない場所にある大病院が、受け入れを承諾してくれたのだ。倒れて三十分後には病院で処置を受けることができたのはとても運がいい、と後から知った。なかには病院が決まるまで一時間以上も掛かったり、ひとりでいる時に大量出血して意識を失い出血死したり、吐瀉物を喉に詰まらせて窒息死するケースもあるというのだか

ら。

朦朧とした意識で輸血を受けた。CTスキャンやレントゲンを撮り、胃カメラを飲んで出血箇所を確認したところ、幸いにも一ヶ所だけ。潰瘍もそれほどひどい状態ではなく、内視鏡で止血処置をしてもらうだけで解放された。出血のショックで意識が朦朧としており、止血処置を行う時に麻酔をしてもらったりしたので、ところどころ記憶が飛んでいる。

入院した時は松江と黒田が付き添ってくれていたはずだが、いまは姿が見えない。

「松江たち……は？」

「私と入れ替わりに会社に戻られたわ。あなたの分の仕事はそっちでやるからって」

それを聞いて、急に意識がはっきりした。

「そうだ、部決資料のチェック。それに、コミックのラフも見なきゃ」

思わず半身を起こそうとして、すぐに眩暈がしてベッドに倒れ込んだ。

「無理よ。その身体で何ができるの？」

「来月の新刊の部数がそれにかかっているんだ。それに、コミックもちゃんと見ないとまた上田が勝手なことをするかもしれない。それに……」

しゃべっている伸光の口を、亜紀が右手を押しつけて塞いだ。

「ストップ！　もうそれ以上しゃべらないで」

伸光は自分の右手で亜紀の手をどける。

「だけど、あれは俺がやらなきゃ」

「俺がやらなきゃ、誰かがやるわよ。大丈夫、仕事の代わりはいくらでもいるわ。あなた責任感が強いのはいいけど、仕事抱え過ぎ」

亜紀は厳しい目で伸光を見る。

「でも……」

「自分じゃなきゃできない、っていう考えは傲慢よ。森野さんも松江さんも、ちゃんと代わりを務めてくれるわ。会社の仕事ってそういうものだもの。それとも、ほかの人たちはあなたがいなければ何もできない無能だって言うの？」

「いや、そんなことはないが……」

「部下に任せられないってことは、部下を信じてないってことよ」

部下を信じてない。

その言葉は伸光の胸にずしんと響いた。

「上司に信じてもらえない部下って、哀しいと思わない？」

自分が率先して頑張らなきゃ、と思っていたけど、傍から見たら、部下を信じてない上司、と思われていたのだろうか。

あいつらは、俺のことをなんて思っていたのだろうか。

「それに、仕事の代わりはきくけど、私の夫もこの子のパパも代わりはいないのよ。ちゃんとわかってる？」

亜紀の言葉に反応したのか、光洋が「パパ！」と叫んでお腹のところに頭をぶつけてきた。

「いてて」

「だめよ、みっくん。パパはおなかイタイイタイだからね。触っちゃだめだよ」

「うん」

いつもはだめと言われると悪ノリする光洋が、異変を感じ取ってなのか、素直に父親から離れた。そして、「だいじょうぶ、だいじょうぶ」と、言いながらそおっと伸光のお腹を撫でた。

「うん、大丈夫だ、すぐによくなるから」

そう言いながら、伸光は息子の手を取った。力が入らず、軽く触っただけだったが、光洋の方はぎゅっと握り返してきた。その手の小ささと力強さに泣けてきた。

この子のためにも、早くよくならなければ、と伸光は思っていた。

森野が病院を訪ねて来たのは、翌日の夕方だった。

「お加減はどうですか?」

「ああ、みんなには心配掛けたね。すまなかった。いまはもう、落ち着いているよ」

森野は赤い薔薇(ばら)と霞草(かすみそう)の大きな花束を持って来ていた。自分なら、花を持って歩くのは恥ずかしいと思うが、森野はまったく気にしないようだった。そして、お洒落(しゃれ)で顔立ちの整った森野には、薔薇の花束が似合っているのもまた事実なのだ。

「素敵なお花。花瓶に入れてきますね」

付き添いの亜紀が嬉しそうに花と花瓶を抱え、廊下に出て行った。

「入院はどれくらい掛かりそうですか?」

「今日、検査があって、潰瘍の部分の出血は止まっているそうだ。なので、早ければあと四、五日で退院できる」

まだ貧血状態で、身体に力が入らないが、胃の痛みなどは感じない。

「ほんとですか! ああ、よかった。すごい出血だったから、どうなるだろうとみんな心配していたんです」

森野は顔いっぱいに安堵の色を浮かべている。そんなにも自分を案じてくれていたのか、と伸光はひそかに感謝する。あれだけの大出血なので、自分でももっと重症だと思っていた。しかし、医者に言わせれば「胃潰瘍としては軽い方。すぐによくなりますよ」ということだった。

「潰瘍自体は急性のもので、それほどひどくはない。それより一時に大量に出血したんで、いまは貧血状態。これが元に戻るまで時間が掛かるけど、まあ、仕事には支障ないだろう」

「よかったです、ほっとしました」

「後始末、たいへんだっただろ？　会議室、申し訳なかったな」

カッコ悪い話なのでできれば避けたいが、後始末を任せてしまったので触れないわけにはいかなかった。

「ええ、雑巾やティッシュでは拭き取れないと思ったので、ノベルティの余りのタオルで」

「ああ、一周年記念で作ったやつ」

「有効活用させてもらいました」

「思わぬところで役に立ったんだな」

そのタオルは派手すぎると内部では不評で、読者に配った余りの分も誰も持って帰ろうとしなかった。編集部の片隅に置きっ放しになっていたものである。

「ええ。絵柄が赤いんで、その、拭き取ってもそんなにグロくはならず」

「そりゃ、よかった」

　ふたりは声を立てて笑った。みっともないことを部下に任せた気まずさが、森野の明るい話し方で溶けていくようだった。

「しかし、真壁先生も災難だったな。とんだところに居合わせて。退院したら、真っ先に挨拶に行かないとなあ」

「いや、それがなんというか、怪我の功名というか……」

「どういうこと？」

「真壁先生、編集長の状態を見てショックだったみたいで。意識が戻ったら『申し訳なかった』って伝えてほしいと」

「申し訳ない？　どうして？」

「あんなふうに追いつめるんじゃなかった、って反省したみたいです。我々のこと、いくらいじめてもへこたれない、木とか石とかみたいに思っていたんでしょうか」

「まあね。作家にとっては、我々は自分の感情をぶつけられる存在だからな」

　そして、そういう関係でないと、作家と作品をレベルアップしていくことはできない。だが、それが行き過ぎると、編集者は作家の攻撃の対象にもされかねないのだが。

「そうだ、会議の方はうまくいった？」

「はい、松江さんが全部チェックしましたので、滞りなく」

「コミックの方は？」

「僕と松江さんでチェックして、僕の方から上田さんに届けました。これがそのコピーです」

　渡された紙の束に伸光はざっと目を通した。変更すべきところは的確な指示が入っている。

「うん、ちゃんとチェックできてるな。これで上田の方にはＯＫもらえた？」

「はい、大丈夫でした。それで、あの」

「なんだ？」

「これからも僕がコミックのチェックをやりましょうか？」

「えっ？　どうして」

「松江さんとも話をしたんです。今回のことで、編集長の仕事が多すぎるんじゃないか、と。できることは自分たちで引き受けるべきじゃないかって。アニメのシナリオ打ち合わせは、松江さんの方でやってもいいって言ってました」

「それは……」

　正直シナリオ会議は自分にとって一番の重荷だ。それを手放せるなら、時間的にも、精神的にも楽だろう。だが、同時にアニメに参加できていることに喜びを感じている。それに、いまは監督が降りる降りないで揉めている時期だ。その時期に人に渡してしまっていいものだろうか。

「ちょっと考えさせてくれ。……いろいろ難しい状況だから、即答はできないよ」

「そうですね。入院中に、こんな話、すみません」

「いや、いろいろ考えてくれて嬉しいよ。ありがとう」

そこに亜紀が入って来た。

「ほら、お花、きれいでしょう?」

そこで会話は仕事の話から雑談に変わった。伸光の中には、割り切れない思いが渦を巻いていた。

プロデューサーの小林が病室を訪ねて来たのは、入院して三日目だった。

「遅くなってすみません。具合はいかがですか?」

「おかげさまで、この分ではあと二、三日で退院できそうです」

「そうでしたか。それは思ったより早かったですね。よかったです。凄い量の血を吐いたという話でしたから、しばらく出社できないのかと思っていました」

「吐血(とけつ)した場所が悪かったですね」

「ええ、会社中の人間が知っていますよ」

「うわ、それはまずい」

出社したらしばらくいろいろ言われるだろう。それも面倒だな。

「ともあれ、お元気そうでよかったです」

「ええ、元気過ぎて、やることがなくて退屈です。おかげで原稿はいろいろ読めますが。……それで、アニメの方はどうなりましたか？」

小林が来たのも、おそらくその話だろう、と伸光は思っていた。石破が監督を降りると言い出したその後が気になっていた。

「そっちはまあ、なんとかなりそうです。郷田さんが強権を振るってくださいまして」

「と言うと、石破さんを説得してくれたんですか？」

「いえ、その逆です。石破さんと河原さんを外しました」

「えっ、それは……」

「監督には藤川(ふじかわ)さんを……ご存じですね。演出担当として参加していた」

「ええ。熱心な方で、原作もよく読み込んでいうした」

「まだ二十代と若いのですが、熱意はあるし、GIGでも次の監督候補と言われている方です」

「でも、いきなりテレビシリーズの監督というのは重荷ではないでしょうか?」

「郷田さんもそれは考えられたみたいで、総監督として小泉謙介を立てる、と言ってくれています」

「小泉謙介が……」

それは願ったりだ。小泉謙介はアニメファンの評価も高い。その名前だけで、アニメに関心を持ってくれる人もいるだろう。

「ただ、ひとつ条件があるんです」

「条件?」

「こちらもスタッフを変更するかわりに、シナリオ会議の出版社側の代表も変えてくれ、と」

「どういうことですか?」

「つまり、小幡さんに外れてほしい、ということです」

「えっ」

ショックだった。今まで打ち込んできた仕事だ。石破や河原はともかく、ほかのスタッフには気を遣い、それなりにうまくやってきたつもりなのに。

「小幡さんが悪いっていうわけじゃないんですよ。郷田さんが言うには、こういう形で石破さんと河原さんだけが外れることはスタッフに遺恨(いこん)が残る。だから、小幡さんも外れることで、痛み分けという形を取りたい、と言うんですよ」

「痛み分け……ですか」

「それに、郷田さんは小幡さんのことを心配されているんですよ。倒れるほどのオーバーワークでは、こちらの仕事は負担が大きいんじゃないか、と」

「オーバーワークかどうかは、こちらで判断しますよ。郷田さんに心配してもらうことじゃない」

「郷田さんに言わせると、小幡さんは編集長だから、おっしゃる言葉が強い。いや、アニメスタッフには強く聞こえる、ってことらしいんです。だから、直接小幡さんがしゃべるより、間に誰か入った方が緩和されるだろうと」

　理屈はあれこれつけられるが、率直に言えば、俺はいらない、ということだ。石破や河原のメンツのためにも、俺が外れた方がいいということか。

　伸光はショックで言葉が出てこない。

「ともかく、藤川監督は柔軟な方ですし、悪くはならないと思います。次のシナリオ会議は予定どおり水曜日にあります。どちらにしても今の小幡さんは動けないでしょうから、代役をどなたかにお願いしていただけないでしょうか」

「わかりました。……今回はうちの松江に行かせます。先方にも、よろしくお伝えください」

ようやく、それだけは言えたものの、胃の具合がよけいひどくなりそうだった。小林は気の毒そうな顔をして、黙って一礼した。

16

閉店まであと二ヶ月。それだけ終わりの日が近づくわけだが、スタッフに発表できるのもそれだけ早くなる。

秘密を抱えている重苦しさに、自分は耐えられない。早くしゃべってしまいたい。

アルバイトの郁歩が辞めて、さらにもう一人、藤井慶子も辞めたい、と言い出した。なんとなくバイトの間にも、おかしい、という空気が流れているのだろう。藤井はバイトの中でもチーフ格なので、辞められると痛手は大きい。それで引き留めているが、この先どうなるかはわからない。そうなったらどうしよう。自分がずっとレジに立ち続けるしかないのだろうか。

一方で、近隣の系列店の店長に電話をして、アルバイトの空きがあるかどうかを確認した。もし、本人が希望するなら、この店が閉店になった後も系列の店でバイトが続けられるようにしたかった。幸いひとりで店にいる時間も多いので、その間に電話ができる。

その日も彩加はひとりでレジに立っていた。客が雑誌を摑んで、黙ってレジに差し出す。

「袋にお入れしましょうか？」

「いい」

客は代金を放り出すようにして置き、お釣りをひったくるように受け取ると、ホームの方へ小走りに戻って行った。

ほとんどのお客さまはこちらを自動販売機と思っているみたいだ。でも、買ってくださるお客さまはまだいい。

彩加は店内でコミックを読んでいる中学生に目を向ける。その客は毎日のように立ち寄るのだが、立ち読みしかしない。無料のコミック図書館とでも思っているのだろうか。

こうした客たちは、ここがなくなっても気にも留めないだろう。吉祥寺店で働いている時にはよくあった、お客さまとの会話もここではほとんどない。もっとも、ひとりでレジに立っている時にあれこれ話し掛けられても困るかもしれないが。

「これ、いただけますか」

女性客が単行本を差し出した。彩加がこっそり自分の趣味で並べて置いた『歩道橋の魔術師』という本だ。地味な台湾の翻訳小説なので、まさか売れるとは思わなかった。思わず客の顔を見て、声をあげた。

「西岡さん！」

吉祥寺で働いていた時、いっしょにフェアをやった新興堂書店の西岡理子店長だった。吉祥寺の女傑と言われるほど優秀な書店員で、彩加のあこがれの存在でもある。

「どうして、ここへ？」

「筑波で図書館フェアがあったので、その帰り。宮崎さんがここで店長をされていると聞いていたから、一度は来てみたい、と思っていたの。とてもいいお店ね。コンパクトだけど、いい品揃えだわ」

西岡は優しく微笑んでいる。見慣れた新興堂書店のエプロン姿ではなく、ネイビーのスーツ姿だ。いつもより颯爽として見える。

「ありがとうございます。こんなところまでわざわざ来ていただけるなんて」

「一つ星出版の営業さんから、こちらでも宮崎さんは頑張ってらっしゃるって伺ったの。ラノベのヒット作を手掛けたんですって？」

「それは……偶然です。運がよかっただけ」

よい書店があると聞くと、わざわざその店を見るために足を運ぶ書店員もいる。

岩手へ、島根へ、福岡へ。遠方でも厭わない。書店ウォッチがいちばん好きなのは、ほかならぬ書店員かもしれない。西岡もそうしたひとりのようである。

「でも、確かにここのラノベやコミックは充実してるわね。BLも。学校が多いから、若いお客さんが多いのね」

「はい。前回は藝大生と組んでフェアをやっていました。あ、その時のフリーペーパーがあるんですけど、差し上げましょうか?」

「それは、ぜひ」

彩加はレジの後ろにあるファイルからフリーペーパーを一部取り出して、西岡に手渡した。

「まあ、これは素敵なイラストね。宮崎さんが描いたの?」

「いえ、うちでバイトしている藝大生に頼んだんです。POPも彼女が作ってくれたので、目を引く出来でした」

「いいわね。そんな風にアルバイトの人たちが協力してくれるのは、宮崎さんの力ね」

「そんな。私が頼りないので、バイトの子たちが力を貸してくれるんです。選書についても、それぞれ私より詳しいジャンルもあるので、ずいぶん助けられています」

「それは大事なことよ。お店のスタッフはチームですもの。店長だけ頑張っても、お店はうまくいかないものね」

「ありがとうございます。ほんとに、スタッフには助けられて……」

胸がぐっと詰まった。尊敬する西岡理子に褒められて、それが逆に辛くなる。せっかくみんなで店を作ってきたのに、ここが閉店になればみんなバラバラになってしまう。ここでやってきたことも忘れられてしまう。

それ以上、何も言えずに黙っていると、西岡が優しい声で語る。

「大丈夫、宮崎さんはどこへ行っても、何をやっても、きっと頑張れる。それはここでの経験が力になっているから。ほかのスタッフもきっとそう。ここで頑張ったという記憶は、これからもきっとあなたを助けてくれるわ」

はっとした。西岡は、ここの閉店のことを知っているのだ。

そうか、業界ではすでに噂は流れているのだろう。西岡のような立場の人なら、そういう話が耳に入っていても不思議じゃない。

「取手でも、吉祥寺でも、書店員を続けていればどこかで繋がっている。また、こうして会えるものね。……そうそう」

西岡は抱えていた黒の革のトートバッグの中から、緑色の包装紙の小さな箱を取り出した。

「フリーペーパーをいただいたから、これ、お返しね」

「これは？」

「吉祥寺の味。小ざさの最中」

「ああ、あそこの」

　吉祥寺で最も有名な和菓子屋だ。入れ替わりの激しい吉祥寺のお店の中でも、ここと、すぐそばの肉屋だけは変わらずずっとそこにある。

「あの店、いつも行列ができているでしょ？　並ぶのが嫌で、うちの店の近くなのに一度も買ったことがなかったの。ところが、さっき通りかかったら、珍しくふたりしか人がいなくて、思わず買っちゃった」

「ありがとうございます。ほんと、これこそ、ザ・吉祥寺の味ですね」

「六日ほど日持ちもするから、みなさんで召し上がってくださいね。じゃあ、もう時間がないから」

　レジに新しいお客が近寄って来たのを見て、西岡は無駄なことは言わず、さっと店を後にした。

　西岡さん、私を励ましに来てくれたんだ。わざわざ吉祥寺からこんなところまで。

　その気遣いが嬉しく、目頭が熱くなった。

もともとこの店には営業の人は滅多に訪れない。作家訪問されるような店でもない。閉店したら、書店員が見学に来てくれるような店でもない。閉店したら、すぐに忘れられてしまうだろう。ここにはほかのテナントが入って、本屋があったことなど跡形もなく消えるだろう。

それでも、やったことの意味はあるのだろうか。西岡さんの言うように、私や、ほかのスタッフも、ここでやったことはよかった、と思い出せるようになるのだろうか。

「こんにちは」

アルバイトの田中がやって来た。今日はアルバイトの予定がどうにもつかず、かといって、一日中自分ひとりで店を切り回すわけにもいかないので、三時間だけ、という約束で田中に来てもらったのだ。いよいよアルバイトの顔ぶれが減り、シフトを組むのが難しくなってきていた。これ以上減るようなことがあれば、本部に泣きつかなければと思う。それでなんとかしてくれるかどうかはわからないが。

「今日はごめんなさいね。どうしても、ほかの人の都合がつかなくて」

「大丈夫です。僕は自由業ですから、なんとでも都合はつけられますから。それに、どちらにしても今日はこの後打ち合わせで駅前まで外出する用があったので、ちょうどよかったです」

「打ち合わせって、小説の？」

「ええ、まあ」

田中の目元に隈ができている。もしかしたら、小説の締め切りだったのかもしれない。

「忙しいのに、すみません」

「いいえ、ここに来るのも気晴らしになりますし。……ずっと机に向かっていてもはかどるとは限らないから」

「そう？　だったらいいんだけど。……じゃあ、レジの方、お願いね」

彩加はそう言って、レジの奥にある狭いバックヤードで、午後便で到着した荷物を品出しする。午後に到着するのは単行本の新刊だ。もともと狭いスペースだし、最近はなるべく減らそうとしているので、今日仕分けするのは段ボールにひと箱分くらいだ。

「そういえば店長」

レジにお客がいないので、田中が話し掛けてくる。

「なに？」

「最近、届く荷物が減っていませんか？　前はもうちょっと多かった気がするんですが」

　どきっとした。田中は午前便の品出しをすることが多いので、変化にも気づきやすいのだろう。

「えっ、ええ。最近は本部から返品率の改善をうるさく言われるから、注文も減らしているの。雑誌の数も絞れって言われて」

「ああ、それで棚の本の置き方も変えてるんですね。前はぎっちり詰めていたところを、面陳(めんちん)してますよね」

　本来は背を見せる形に並べる棚に、わざと面陳してスペースを取っている。見せ方にバリエーションがつくし、本を目立たせるには有効だが、その分棚に置かれる本は減る。この店のように十坪ないくらいの狭い店でやることではない。

「ええ、こうした方が本が目立つでしょ」

　彩加はそう言ってごまかす。あと一ヶ月、こんな風にごまかし続けなければならない。本当に自分にできるのだろうか。

「そうだ、店長お昼はもう行かれましたか?」

「いえ、まだ」

「僕がいますから、今のうちに行ってきてください」

「ありがとう。この箱終わったら、行かせてもらうわ」

　お昼は近所のファストフードを利用する。一時間ちゃんと休みが取れていた時は近隣の店をいろいろ開拓していたが、最近はそのゆとりもない。今日もやることはいろいろあるから、できるだけ早く戻って来たい。

　駅ビルのハンバーガーショップでさっと食事をすませ、店に戻る。レジでは、田中がスーツを着た女性と話をしている。接客にしては、妙に親しげだ。

　田中くんにも親しい女性がいるんだ。

　ぼんやりとそんなことを思う。あまり人付き合いのよくない田中に彼女がいるとは思わなかった。どんな女性だろう。

　その時、田中が彩加に気づいて「店長」と、呼び掛けてきた。つられて女性が振り向く。その顔を見て彩加は思わず大きな声が出る。

「郁歩ちゃん」

　就活のためにアルバイトを辞めた幸崎郁歩だった。振り向いた顔は強張っている。

「今日はどうしたの？　就活の帰り？」

　しかし、郁歩は彩加の問い掛けには答えなかった。

「店長、これ、どういうことですか？」

　と、抗議の声で彩加に問い掛ける。田中が慌てた様子で、

「いいよ、幸崎さん、僕が好きでやってるんだから」

と、郁歩に言い訳している。何のことかわからない彩加はぽかんとしている。

「田中くん、今回は締め切りが前倒しになったんです。だから、忙しくてバイトどころじゃないのに、どうしてここにいるんですか？　しかも、今日はシフトが入っていない日でしょう？」

「仕方ないよ。今日ほかに都合のつく人がいなかったんだし」

田中が郁歩に言い訳する。

「だけど、田中くん、大事な時期じゃない」

「大丈夫だよ。三時間だけだし」

「そう言うけど、昨日もほとんど寝られなかったんでしょう？」

「いいんだよ、僕は大丈夫だから」

彩加は唖然（あぜん）としてふたりのやりとりを見ている。郁歩は心配そうな目で田中を見ている。その目を見て、彩加ははっとした。

ああ、そうか、もしかして。

郁歩は田中くんが好きなんだ。以前も、田中くんはそろそろ辞めるべきではないか、と言っていた。ただの世間話と聞き流していたけど、そういうことだったのか。

郁歩は今どきのお洒落な女子大生だ。だから、彼のようなお洒落とは遠い、オタク気質の男性を好きになるとは想像できなかった。

だけど、田中くんは売れっ子作家だし、特別な存在だ。一方で書店のバイトも熱心で、ちゃんと実績を上げている。もともと頭のいい子なのだ。そうしたところに郁歩が惹かれても不思議ではない。

「ごめんなさい。本当に今日は誰もつかまらなくて困っていたの。それで三時間だけ、とお願いしたのよ」

「でも、そういう時はいつも店長がワンオペしてたじゃないですか。それでは駄目なんですか？」

「僕がいる時以外は、今日は店長はワンオペなんだよ。僕が来なかったら、食事にも行けないし、トイレにすら行けない。それって、あんまりじゃない？」

田中がそう言ってフォローする。

「それは……」

郁歩が息を呑む。そういう事情だとは知らなかったらしい。だが、すぐに気を取り直したようにこちらを睨む。

「それはおかしいですよ。それってブラックです。そんなのよくないと思います。バイト増やせないのは、何か訳でもあるんですか？　田中くんだけじゃない、店長だってこのまま続けると身体壊しますよ」

　郁歩の言う通りだ。だが、何も言えない。

「店長、この店ほんとに大丈夫ですか？　私の友だちが本の森書店の柏(かしわ)店でバイトしてるんですけど、柏店じゃそんなにひどいことはないそうです。ワンオペなんてとんでもない。デパートの中だからかもしれないけど、社員さんがいつも必ず一人以上いるって。どうして同じ系列なのに、この店だけこんなにブラックなんですか？」

　彩加には答えようがない。正式に発表できるまであと一ヶ月、それまでは黙っていなければならないのだ。

「やっぱり何かあるんですね。みんな言っていますよ。最近の店長はおかしいって。何か隠しているんじゃないかって。前はすごく楽しそうに仕事してらしたし、私たちのことも信頼していろいろやらせてくれた。それなのに、最近は変わってしまった。フェアもやろうとしないし、棚の管理も昔ほど自由にさせてくれない。それでみんなやる気なくしているんです」

　ああ、やはり同じ職場で働く人たちに隠しきれるものじゃない。バイトの欠席率が上がったり、シフトを減らしたいと言われたりということが続いたのも、みんな何かを感じていたのだ。

閉店する前に、すでにこの店は崩れ始めている。

「店長、この店が閉店になるって噂、本当なんですか？」

今度は真顔の田中に突っ込まれた。

彩加は黙っている。そして、それが肯定の印となった。

「えっ、まさかほんとなんですか？　まだ開店して二年も経ってないじゃないですか！」

郁歩はうろたえている。

「どうして、そうならそうと言ってくれないんですか？　僕ら、同じ店で働く仲間なのに」

田中は予期していたのだろう。比較的、落ち着いている。もっとも、彼が本当に慌てたり、困ったりしたところは見たことがない。あまり喜怒哀楽を表に出さないタイプだった。

「ふつうは閉店が決まってもひと月前にならないと公表しないことになっているの。閉店となると、会社の経営状態を疑われたり、足が遠のくお客さまもいますから」

彩加はもう隠す気をなくしていた。ふたりはお店のことを一生懸命考えてくれているのだ。いつまでも内緒にしておくことに意味があるのだろうか。

私と一緒にこの店をよくしようと努力してきたのは、郁歩をはじめとするスタッフたちだ。本部の人間じゃない。

「うそ、あとどれくらいでお店がなくなるんですか？　あと半年？」

郁歩の問い掛けに、彩加は首を横に振る。

「三ヶ月？」

再び、強く振る。

「じゃあ、二ヶ月とか？」

彩加は動かない。否定をしない。

「ほんとに？　もうちょっとしかないじゃないですか。ああ、それだから新しいバイトを雇えないんですね」

彩加は肯定も否定もしない。

「だったら、言ってくれればよかったのに。そうだとわかっていれば、私もバイトを辞めないで、週に一回くらいは手伝ったのに」

郁歩が泣きそうな顔をしているのを見て、彩加は微笑む。なんのかんの言っても、郁歩はこの店が好きなのだ。よかれと思って、いろんなことを言ったのだ。

「郁歩ちゃんは優しいね。だけど、そういう人ばかりじゃないからね。本部の言うことももっともなのよ。閉店が決まった店なんていてもしょうがないって、辞めてしまう人も現実にはいるから。だから、ぎりぎりまで伏せておけっていうのもわからないじゃない。沈みかけた船から逃げ出す人を止められないからね」

「沈みかけた船……。でも、店長はどうするんですか？　一緒に沈むんですか？」

田中が問う。

「少なくとも、最後まで見届けて、後始末はしなきゃね。それが店長の仕事だから。でも、その後は……」

その後はどうするのだろう。立川へ行って、また同じようなことを繰り返すのだろうか。

なんだか疲れてしまって、今はもう次のことなど考えられない。

「その後はまだわからない。とにかく、今は無事に最後までやり通すことだけ」

「店長……」

郁歩の顔は引き攣っている。まるで、自分が店と共に心中する立場のようだ。

「大丈夫、きっとなんとかなるわ」

彩加は安心させるように微笑んでみせた。その時、背後で声がした。

「あの、こちらに田中っていうアルバイトの人はいませんか？」

三人の視線が客に向かう。大柄で、伸びすぎた髪。流行など関係ない、チェックのシャツにはき古したジーンズ。

間違いない。この前も訪ねて来た男だ。

もう三十過ぎのように見えるが、何か定職に就いているような感じはしない。何者か、想像がつかない感じの男だ。

田中も彩加も郁歩も黙り込んだ。なんと言おうか、彩加は一生懸命考える。

「あの……彼はもう」

彩加が言い掛けたのを遮って、男はまっすぐ田中の方を向いた。

「原滉一さんですね。僕は、佐倉飛鳥です」

「佐倉飛鳥……。もしかして、漫画家の？」

「はい。ずっとお会いしたいと思っていました」

「それでわざわざここへ？」

「取手の駅の本屋でバイトしているって話を編集者から聞いていたので。前にも顔を出したんですけど、いらっしゃらなくて。今日お会いできてよかったです」

どういう状況かわからなくて、彩加も郁歩もきょとんとしていると、田中が説明した。

「こちら、佐倉飛鳥さんは『少年アンビシャス』で『鋼と銀の雨がふる』の漫画版を描いている漫画家さんなんです」

佐倉が照れくさそうにぴょこんとお辞儀した。彩加と郁歩は何も言えずにぽかんと佐倉の顔を見ていた。

「あなたが、佐倉飛鳥さん。僕はてっきり女性だとばかり……」

打ち合わせの席に、原滉一といっしょに現れた男性が漫画家の佐倉と知って、伸光は驚いた。上田からは地方に住んでいるから会わせられないと言われた佐倉がここにいる。しかも、自分から原を訪ねて来たというのだ。

「わざとあいまいな名前にしているんです。僕の絵柄、女性的ともよく言われるので、それもいいかな、と」

伸光が女性だと思い込んでいたのは、名前のせいばかりではない。「女性ですか？」と聞いた時、担当の上田が否定しなかったからだ。

あの野郎、わざと誤解させやがったな。

「佐倉さんは地方に住んでいらっしゃると伺っていたんですが、どちらなんですか？」

「同じ茨城の水戸（みと）ですよ」

「なんだ、じゃあここから近いじゃないですか。常磐線（じょうばん）で一本だ」

「はい、だからデビューの時から原さんのことは知っていたんです。常磐線書店員の会のお勧め本として、うちの近所の本屋でも大きく展開されていましたから」

「ああ、あれは、原さんのバイトしているお店の店長さんが中心になって仕掛けてくださったんですよ」

「店長さんって、さっきお店にいたきれいな方？」

「ええ、そうです」

　原がさらりと答える。宮崎彩加は、きれいな人というより可愛い感じの女性だと伸光は思っていたが、特に訂正はすることもないだろう。

「そういうことだったんですね。でも、それで僕は『鋼と銀』のことを知っていて、『アンビシャス』で漫画連載を始めるって聞いた時、自分からやりたいって言ったんです。すごく好きな作品ですし、アニメにもなるって聞いたので」

「そうだったんですか」

　同じ常磐線だから、原の作品が佐倉の目に入った。だけど、それこそが上田の警戒したところなのだろう。場所が近くて、ふたりが仲良くなったら、また『ジェッツ！』の時のように自分は置いてきぼりにされるかもしれない、と。

「ただ、担当の上田さんは面白くなかったみたいで……。上田さんは『コミカライズなんてやってもしょうがない。オリジナルじゃなきゃ意味はない』と常々言っている人でしたから」

「なるほどね」

元コミック編集者として、上田の気持ちはわからなくもない。コミカライズとオリジナル作品では、世間の評価は全然違う。漫画家を大事に思うからこそ、オリジナルを頑張らせたい、という気持ちも編集者にはあるのだ。

「それでも、無理やり僕がラフを描いて、それが通ってすごく嬉しかったです」

「ええ、佐倉さんの絵は、ちゃんと原作を読んでくださっているな、という気がしました。キャラもたくさん描いてくださっていましたし、それぞれ原作をちゃんと読み込んで起こしてくださっている。だからこそ佐倉さんにお願いしたいって思ったんです」

原がそう言うのを聞いて、伸光は内心驚いていた。ふだんの原は、こんな風に熱弁をふるうタイプではない。伸光とふたりで候補のラフを見た時も、ほとんど感想を口にせず、「僕はこれがいいと思うけど」と伸光が言うと「僕もそう思います」と同意した。伸光がいいというから賛成した、というようにも取れたのだが、そうではなかったらしい。

「ありがとうございます。だけど、この前の猫耳娘は、あれは『鋼と銀』の世界観には合わないな、と思ったんです。でも、上田さんが『コミックにはそれくらい弾（はじ）

けた設定が必要なんだ』と言い張って、それで……」

「そうだったんですか」

上田ならやりそうだ、と伸光は思った。それくらいの我を平気で通す。

「だけど、僕は心配で……。絶対、原さんは気にされただろうな、と思ったんです。原作者に嫌われたら、コミカライズの意味がないじゃないですか。だから、お会いして、謝りたかったんです。それで上田さんに、原さんに会わせてください、ってお願いしたんですけど、『そのうちに』ってはぐらかされてしまって。それで、近くですし、直接会いに来たんです」

「そうでしたか。わざわざありがとうございます。猫耳については、正直違うなあ、と思ったんですけど、佐倉さんの描くキャラがかわいかったので、まあいいやって」

伸光があれほどこだわった部分を、原は拍子抜けするくらい簡単に言う。漫画は漫画と割り切っているのは、自分よりも原の方かもしれない。

「ほんとうに、大丈夫でしたか？」

「ええ、次のラフでは猫耳がいなくて、ちょっと残念なくらいでしたよ」

「ああ、よかった。そう言ってもらえて」

佐倉は胸をなでおろしたようだった。ずいぶん真面目なんだな、と伸光は思う。

「でも、よく原くんのバイト先がわかりましたね」

「以前、上田さんから聞いたんです。『鋼と銀』の最初の巻が出た時、『この作者は取手の本屋でバイトして、常磐線の本屋にコネを作ったおかげで売れたんだ』と言ってました。……すみません、上田さんは悪気じゃないと思うんですけど、言い方がきつくて」

「いえいえ、かまいません。いろいろ言う人は言いますから。でも、きっかけがどうあれ、売れたのは作品に力があるからです。そうでなければ、三十万部までは行きません」

原に代わって伸光が弁護する。これは伸光自身が確信していることだった。

「その時、上田さんに聞いてみたんです。取手のどこのお店ですかって。そうしたら、『取手駅の中にある小さな店』って教えてくれたんです。上田さんはもう忘れているでしょうけど」

「原くんの本名はどうしてわかったんですか？」

疑問に思っていたことを、伸光は聞いてみる。原の本名は、上田でも知らないはずだ。

「資料とか注意書きを上田さん経由で何度か渡していただいたんですが、ある時、その注意書きの末尾(まつび)に田中幹って書かれていたんです。いつもなら、原滉一って書いてあるところなので、これがたぶん原先生の本名なんだな、って思ったんです」

「ああ、そうだったんですね。しまった、それは見落としていたな」

　伸光は小さく舌打ちをする。たとえ関係者であっても、本人の許可なく作家の本名を教えるべきではない。そういうことをチェックするのも自分の仕事なのに。

「仕方ないですよ。小幡さんはいろいろお忙しいですから。アニメの仕事が入ったから、たいへんでしょう？」

　原に言われて、どきんとした。そう、その話をしに来たのだった。

「その件なんですが、実は僕、アニメのシナリオ監修を降りることになりました」

「えっ、どうして……」

「それは……」

　初対面の佐倉もいる前で、どうやって説明すべきか、と伸光が考えていると、佐倉が口を挟んだ。

「噂は聞いています。小幡さん、アニメスタジオと揉めたのを気に病んで、会議室で血を吐いたのだそうですね」

「ほんとうですか？」

　原が驚いた顔で伸光を見る。

　上田の野郎、と伸光は内心毒づいている。よけいな話を外部の人間にまでべらべらしゃべりやがって。

「いや、吐血と言っても胃潰瘍ですから、そんなに心配することはないんですよ。胃の中の潰瘍ができた部分の血管が切れただけですから。実際、手術も必要なかったですし、五日で退院できました」

「それでも……僕の小説の仕事のせいで、そんなことになるなんて」

原はショックを隠せない。

「アニメだけでなく、コミックの方もやりにくかったんじゃないですか？　上田さん、相当頑固ですし」

佐倉まで、真顔で言う。

「それはまあ、……そうですね」

漫画家のお前が言うか、と伸光は思ったが、あいまいな返事をして笑顔を浮かべる。

「小説と、コミックやアニメは違う表現媒体ですから、それぞれやり方も違う。原作の肝となる部分を生かしつつ、それぞれの媒体で魅力のある表現に作り上げるのは難しいですね。僕としたら、コミックやアニメのよさも生かした提案をしていたつもりなんですが……僕の力足らずで、なかなか伝わらなかったみたいです」

伸光は佐倉に、というより、原に向かって語っていた。

「それは、どういうことですか?」

「今回の、猫耳のような設定がコミックに出てしまいましたし、それをアニメでも使いたいって言われたり。僕がもうちょっと世界観を彼らに理解させていられたら、こういうこともなかったんですが」

「そんな。小幡さんのせいじゃないですよ。でも、それで小幡さんが担当を降りることになったんですか?」

原に問われて、伸光は答える。

「僕に対しての不満から監督とシリーズ構成が降板したので、GIGの郷田さんに、僕も降りた方がいいのでは、と提案されたんですよ。そちらの方が新しいスタッフもやりやすいんじゃないか、と」

「それで、新しい担当というのは?」

「うちの松江です。原さんもご存じですよね。……ご安心ください。松江はアニメにも詳しいから、僕よりうまく現場の人たちともやれると思いますよ」

それを聞いて、原は唇をぎゅっと結んだ。しばらく黙り込んだ後、口を開いた。

「……小幡さんは、それでいいんですか?」

「えっ?」

「こんな形で仕事を降りるのは不本意じゃないんですか?」

原の言葉に、仲光は頭がかっと熱くなる。

「そりゃ不本意ですよ。僕は『鋼と銀』について誰よりも詳しいと思っていますし、これからもずっと大事にしていきたい。この作品が大きくなっていくところを、自分の目で見ていきたい。たとえコミックやアニメの交渉だけと言っても、ほかの人には渡したくないんです」

それが偽らざる気持ちだ。上司や部下や家族にもアニメの仕事は降りた方がいいと言われても、自分の欲だと言われても、誰にも手渡したくはない。

自分こそが、『鋼と銀の雨がふる』の担当編集者なのだから。

「だけど、それで、身体の方をよけい悪くするのでは？」

原が仲光に畳み掛ける。

「胃潰瘍の原因が何であるか、はっきりはわかりません。ストレスが原因と言えばそうかもしれないけど、たまたま弱っていたところにピロリ菌に感染しただけかもしれないし。それに、この仕事を部下に代わってもらっても、そんなにストレスが減るとは思えないんです。結局、僕が小説の担当編集者である以上、シナリオに目を通さないわけにはいかない。それで思ったことを自分の口からではなく、部下を通して言ってもらうというのでは、二重にストレスになる。ちゃんと部下に意図が伝わったのか、それを彼が現場に伝えることができたのか、その場にいないとわかりませんからね」

自分でも思ってもみなかったような強い言葉が溢れた。改めて、自分はこんなにもこの仕事に深い想いを持っていたのだ、と思う。

そうだ、そうでなければ血を吐くほど真剣に思いつめたりするものか。

「小幡さん……」

原が驚いたような顔でこちらを見ている。

「どっちにしてもストレスなら、正直自分も会議に出たい。その方が責任が取れますから。だけど……アニメの現場に降りろと言われてしまうと、それは……」

痛み分け、と郷田は言った。確かに、現場に遺恨は残さないかもしれない。だが、それだったら、いままで監督やシリーズ構成と自分がぶつかりながらも作り上げてきたはずの何か、作品に対する理解や理想のようなものはどこへ行ってしまうのだろう。

そういうものも一切なかったものとして、最初からやり直すことになるのだろうか。

「……だったら、もう一度アニメの方に頼んでみましょうよ」

「何を」

「僕もこれから毎回シナリオ打ち合わせに参加します。そこに、担当編集者として小幡さんを同席させるということを」

「原さん……」

　伸光はあっけにとられて原の顔を見た。人見知りの原が、表に出るのは嫌だと言っていた原が、まさかそんな提案をするなんて。

「いいんですか、そんな……」

「『鋼と銀の雨がふる』は僕の作品です。誰よりも作品の成功を願っているのは自分です。それなのに、小幡さんばかりに面倒を押しつけてきた。それは間違っていた、と気がついたんです」

「でも、毎週ここから三鷹まで通うのはたいへんですよ」

「通えない距離じゃないし、三ヶ月とか四ヶ月の辛抱じゃないですか。やれないことじゃないですよ」

「原さん……」

「言葉だけならなんとでも言える。小幡さんや松江さんの陰に隠れて、言いたい放題言うことは簡単です。だけど、大事なのは行動。アニメの現場の人たちに自分の作品を理解してもらいたい、と思ったら、ちゃんと足を運んで、自分の言葉で説明する方がいいと思うんです」

「ほんとに、いいんですか？」

「ええ。百万の提言よりも、たったひとつの行動の方が役に立つって、こういうことでしょう？」

『鋼と銀』に出てきた言葉だ。伸光は言葉もなく、ただ原の顔をみつめている。

「それは、いいことじゃないでしょうか。僕だって、原さんに直接お会いして、方向性に間違いがなかったと知って、すごく安心しました。アニメの人たちだって、原さんの考えを気にしていないはずはないんです。会って、話をするって、すごく大事だと思います」

佐倉もそんな風にフォローする。伸光の方は、どうすればいいのかわからず、呆然としたままだった。

結局、原の強い意志に導かれる形で、伸光はその二日後、原を三鷹のスタジオＧＩＧに連れて来ていた。プロデューサーの小林もいっしょだ。

「こんにちは」

三人が部屋に入って行くと、郷田は机に座ってパソコンを覗き込んでいるところだった。

「ちょっと待ってくださいね。いまメールを送るところなので」

郷田はちらっとこちらを見て、すぐに作業に戻った。そうして、二、三分後、作業を終えたようで、晴れやかな笑顔でこちらを向いた。

「すみません、ちょっと気の張る相手へのメールだったものですから。……小幡さん、お久しぶりですね。……こちらは？」

「はい、あの、今日は原作者の原先生を連れてまいりました。彼の方から、ご挨拶したいということで」

「ああ、あなたが『鋼と銀』の……。はじめまして。プロデューサーの郷田です。思ったよりお若いですね」

郷田は原の顔をしげしげと眺める。原は緊張した面持ちだったが、郷田から視線を逸らさない。

「はじめまして。原と申します」

「まあ、立ち話もなんですから、こちらに座って話しましょう」

郷田は部屋の隅のソファに三人を導いた。

「これ、先生の方から皆さんに差し入れです」

伸光は用意していた和菓子の大箱を、郷田に差し出す。

「ありがとうございます。みんな、喜びます」

郷田は柔らかなまなざしを原に向ける。小幡はあれっと思った。自分や小林に向けるまなざしとは明らかに違う。

「今日は、ほんとによく来てくださいました。社内に監督もおりますので、お呼びしましょうか」

「ええ、お目に掛かりたいと思いますが……その前に、郷田さんにお話ししたいことがあるんです」

原が硬い声で言う。隣に座っている伸光には、原の緊張感が伝わってくる。

「なんでしょう？」

「あの、このたびは僕の小説のアニメ化をお引き受けいただいて、ほんとうにありがとうございます。僕は昔からスタジオＧＩＧの作品が大好きで……、ほんとに、ただの一ファンで、小泉監督と組まれた作品は全部ＤＶＤを買って持っています。それから、石破監督のテレビシリーズの方も」

「ほう、それは……」

郷田の目が見ひらかれる。そんな風に褒められるのは、不意打ちだったようだ。

「なので、僕の作品がアニメになる、それもＧＩＧの制作と聞いて、ほんとに嬉しくて……。もう、自分でもどうしたらいいか、わからないくらいでした」

「ありがとうございます。そんな風に思ってくださったとは」

「それで、小幡さんにシナリオ会議に出ないか、と言われた時、とても無理、と思ったんです。なまじファンだったので、会議の席でちゃんと発言できるか、自信がなかったので」

原の正直な告白に、郷田は微笑みを浮かべた。伸光も、そうだったのか、と思う。

「だけど、そのためにかえって小幡さんに重荷を背負わせる結果になってしまいました。それで思い直したんです。……あの、いまさらですが、僕もシナリオ会議に出席させていただいて、いいでしょうか？」

郷田は一瞬ふいを衝かれたように息を呑んだが、すぐに笑顔を浮かべた。

「もちろん大丈夫、というか、大歓迎ですよ。原作者さんの考えを聞けるのはスタッフも勉強になりますし、モチベーションも上がります」

「ありがとうございます。それから、もうひとつお願いがあるんです」

「なんでしょう？」

「出版社側の担当として、小幡さんをこれまでどおり同席させてほしいんです。いままで小説は小幡さんと二人三脚で作ってきましたし、『鋼と銀』のことをいちばん知っているのも小幡さんです。だから、アニメを作る時も、やっぱり小幡さんに関わってほしいんです。お願いします」

原が立ち上がって深々と頭を下げた。郷田も驚いたように立ち上がった。

「頭を上げてください。……原さんのお気持ちはわかりました。だけど、小幡さん自身はどうなんですか？　アニメに関わるのはもうこりごりじゃないんですか？」

「そんなことはないです。最初の構成案会議ではどうなることかと思いましたけど……だんだん現場の皆さんも内容を理解してくださいましたし、シナリオも回を追うごとに精度が上がっていると思います。新しいシリーズ構成に抜擢された伊東さんはすごく勉強されていることがわかりますし、これからはずっとやりやすくなるだろうと思っていたんです。……だから、今になって担当を降りるというのは、正直とても辛いです。それに、原先生が毎週参加されるというのであれば、担当としては立ち会わずにはいられません。……僕からもお願いです。いままでのことは申し訳ありませんでした。でも、どうぞこれからもいっしょにアニメ作りに参加させてください」

　伸光も、原と同様、席を立って深く頭を下げた。

　ふう、と郷田が深い息を吐く気配がした。それから、伸光の肩を、郷田が柔らかく押した。

「わかりました。そこまで言ってくださるのでしたら、いままでどおり小幡さんが続けてください」

「郷田さん」

　伸光は顔を上げて郷田の顔を見た。郷田は晴れやかな顔をしている。

「いっしょにアニメ作りに参加したい。その言葉に僕は惚れました。我々のことを下請けではなく、対等に仕事をする仲間と思ってくださるのであれば、喜んでご一緒させていただきたいと思います」

「もちろんです。そちらが下請けだなんて、そんなこと、一度も思ったことはありません」

「そうでしたか。……すみません。これは我々のコンプレックスの裏返しかもしれませんね。原作サイドにもいろんな人がいますし、大手出版社の編集長さんとなると、こちらもかまえてしまうところがありまして……」

郷田がふと遠い目をする。飄々（ひょうひょう）としているように見える郷田も、ここに来るまではいろんな屈辱（くつじょく）を味わってきたのだろう、と伸光は思う。

「原さん、小幡さん、これからいっしょに頑張りましょう」

「ありがとうございます」

伸光の声が大きくなった。原は緊張から解き放たれたように、ほおっと安堵の溜息を漏らした。

その後、スタジオの中を郷田に案内される原の後ろを、伸光と小林もついて行った。原はどの部署に行っても歓迎されていた。若いスタッフの中には原作を読んでいる者が何人もおり、口々に感想や質問を原作者本人にぶつけていた。原も嬉しそうにそれに応えている。

「あの、こんな形でよかったんでしょうか」

遠巻きに原の様子を見守りながら、伸光は小林に尋ねた。

「何がですか？」

「郷田さんに、あんなことを言ってしまって……。後で小林さんの方に苦情が来たりしないでしょうか」

「いえいえ、あれで大正解ですよ。ああやって率直に相手の懐に飛び込んでいくのが、彼らにはいちばんです。ほんと、僕が思っていた以上に、原さんも小幡さんも郷田さんの心を摑んだ、と思います」

「ほんとですか？」

「もちろんです。彼らはやはりクリエーターを尊敬していますし、原さんがＧＩＧのファンで、いっしょにアニメ作りに参加したい、と言ってくださったことは、郷田さんも嬉しかったと思いますよ。あんな風に、郷田さん自らスタジオを案内するのも、滅多にないことです。原先生のことを尊重している証拠です」

「そうでしたか。それを聞いて安心しました」

「アニメの人たちは気持ちを大事にしますから。その辺はすごく正直です」

「これも原くんのおかげですね。まさか彼があんな風にしっかり郷田さんに自分の意見を言ってくれるとは思わなかった」

「そうですね。原先生も、以前授賞式でお目に掛かった時よりずっとしっかりされた感じですね。本が売れて自信がついたんでしょうね」

「それだけじゃなくて、書店でアルバイトもしてましたから。そこで人と接することに慣れたんでしょうね。コミックやラノベの棚を任されたりして、ずいぶん信頼されているみたいですよ」

「なるほど。バイトでも、いろんな人に会ったり、責任のある仕事を任されたりすると、自信がつきますものね」

「ええ。でも、ほんとはそろそろバイトを辞めて、執筆に専念してほしいと思っていたんですけど。毎週一度こちらに来るとなると、ますます忙しくなるし」

伸光は眉を顰める。書店バイトはあと二ヶ月続ける、と原は言う。

「フルタイムで働きながら執筆している人に比べれば、僕なんてたいしたことありませんから。いま、うちの書店はバイトが減ってたいへんな状況なんです。いままでお世話になっているから、こんな時に抜けることはできません」

「それはそうだけど、忙しすぎて身体を壊すようなことがあったら……」

「大丈夫です。二ヶ月で、必ず辞めますから。僕はバイトをしていろんなことを学びました。人間関係とか、仲間との友情とか恋愛とか、物事を達成する喜びとか……。いまここでバイトから逃げてしまったら、僕は自分が許せなくなると思うんです。どうか、あと二ヶ月、見逃してください」

そこまで言われたので、伸光はそれ以上は追及しないことにした。

だけど、どうしてあと二ヶ月なんだろう?

その疑問を家で口にした時、亜紀は何かぴんときた、という顔をした。

「ん? 何か思い当たることがあるの?」

「ええ、最近ちょっと気になる噂を聞いたの」

「噂? どんな?」

「本の森チェーンに取次の資本が入ったでしょ? その影響で何店か閉店するらしいって」

「閉店? でも、取手店はオープンして二年と経ってないよ。まだ早いだろう」

「経営母体が変わると、いろいろあるのよ。本の森は、北関東に展開を広げようとしていたらしいけど、それも方針変えするらしいし」

「北関東……。取手店も、その戦略のための店だったたってこと?」

「おそらくね。それに、原さんが、とくに理由も言わず『あと二ヶ月で辞める』って言うことも、あやしいな、って思うし」

「どういうこと？」

「閉店が決まっても、外部に発表できるのはだいたい一ヶ月前。それまでは口止めされるはずよ。閉店の噂が流れると、客足に影響するかもしれないし、版元も入荷を抑えるようにするから、仕事もやりにくくなるしね」

そう語る亜紀自身も、最初に勤めていた店を閉店させた経験がある。よほど辛かったらしく、あんな思いは二度としたくない、といまでも言うくらいだ。

「だけど、原くんはアルバイト店員だよ。どうせなくなる店なら、義理立てせず、辞めればいいのに」

「そう思ってさっさと辞めてしまうバイトもいるから、残されたスタッフはたいへんになるのよ。原さん、エライわ。バイトの鑑よ。宮崎店長も、きっと感謝してるんじゃない？」

吉祥寺で働いていた宮崎店長と亜紀は顔見知りだった。その偶然がきっかけで、伸光は宮崎店長と親しく口をきくようになったのだった。

「それはそうだろうね。売れっ子作家なのに、執筆時間を削っても、書店でのバイトをちゃんと続けるって言ってくれるんだから。まったく、書店の仕事って、そんなに魅力があるのかねえ」

「それは人によるわね。なかには仕事内容よりも、職場の花を目当てにバイトする人もいるし」

「職場の花か。確かに若くてかわいい子もいるけどね。原くんのタイプってどんなだろう」

原はバイトで恋愛も学んだ、と言っていた。他人の恋愛なのか、自分自身のことなのか、あいまいな言い方だったけど。

「さあ。小説のヒロインには作家の願望が出ているんじゃないかと思うけど、どうなのかしら？」

「アグレシカみたいな子だとしたら、結構たいへんだよ。優秀だし、血筋もいいし、美人だし、いまのところ主人公がヒロインに勝てる部分はひとつもない」

「だからいいのかもね。高嶺の花だからあこがれる男の子っていうのも、なかにはいるから」

「高嶺の花ねえ。そこまでの美人があの店にいたっけ。藝大に通っている子もいるらしいから、学歴的には高嶺の花かもしれないけど」

「今度店に行った時、じっくりチェックしてみたら？」

「うん。そうするよ」

「だけど、よかったわね」

　亜紀の目がきらきらと輝いている。

「何が?」

「アニメの担当、外れなくてすむんでしょ?」

「えっ、ああ、そうだよ。原くんのおかげで現場との関係もよくなったし、これからはあんまり揉めなくてすみそうだ。それにコミックの方も、佐倉先生から俺の担当で続けてほしいって言ってもらえたみたいで。……あ、だけどほかの担当はちょっと減らしたから。俺にばかり仕事が集中しないようにって、部下の方が気を遣ってくれるし」

　慌てて伸光は弁明した。仕事量が多すぎると言って亜紀が心配するかも、と思ったのだ。

「わかってる。前より早く帰れるようになったしね」

「あれ、亜紀は僕がアニメの担当を外れた方がいいんじゃないの?」

　胃潰瘍の原因は、やっぱりアニメとの折衝で神経を酷使したことが影響しているのだろう。それを継続することは、亜紀には嫌がられるだろうと思っていたのだ。

「そういう気持ちもないわけじゃないけど……あなたの場合、担当を外れたからと言って、楽になれるとは思わないもの。松江さんにやらせることで、かえって心配事が増えそうだし」

「まあ……そうかもしれない」

自分の性格など、妻はすっかりお見通しだ。大事な仕事を人任せにすると、イライラすることが増えるに決まっている。

「だったら、自分でやった方がすっきりするでしょ。それに、あなたは原さんに負けないくらい、アニメの成功を望んでいる。その想いが素直に伝われば、新しいスタッフともきっとうまくいくわ」

亜紀はそう言って笑う。包み込むように優しい笑顔だ。

そうだ、亜紀は何があっても自分の味方でいてくれる。自分が何を大事に思っているか、ちゃんと理解してくれている。

伸光は自分のこころが柔らかくほどけていくのを感じていた。

「亜紀」

「ん？」

「俺、亜紀と結婚してよかったよ」

「なにを突然言い出すの？」

「いや、なんとなく」

伸光は手を伸ばしてソファの横に座っていた亜紀を引き寄せた。そして、亜紀の首に手を回し、その肩に自分の頭をもたせかけた。

「しばらくこのままでいて」

それ以上、亜紀も何も言わなかった。自分の腕を伸光の背中に回して、じっとしている。

何も言わない、何もしない、ただゆっくりと流れているこの時間が、伸光にはとても貴重に思えていた。

18

その日の朝、彩加はシフトに入っていなかったが、店に立ち寄り、品出しを手伝ってからその足で電車に乗った。常磐線で東京駅まで行き、そこからこだまに乗り換えた。三島から東海道本線に乗り換えて一駅。この一駅が面倒だ。こだまが停まればいいのに、と帰省するたびに思う。そうして降り立った沼津駅は「海が近い」と思う。駅前はビルが建ち並び、大きな商店街もあるのだが、どこか海の気配を感じる。

海に行きたいな、とふと思う。家から海が見えるところに生まれ育ち、それが当たり前だと思っていたけど、東京に出て来てからは、それが特別なことだった、と気がついた。文化的なものもトレンドもなんでもある、と思えた吉祥寺にも、海だけはなかった。

でも、今日は行ってる時間はないな。それどころか、実家に戻る時間もないかもしれない。

翌日は早朝からシフトに入っていた。しかも、ひとりだけだ。遅刻は許されない。なんとしても今日中に家に戻っていなければならなかった。

とにかく、今日は伯母の店に行って、話をすることがいちばんの目的。時間があれば、帰る前に少しくらいは海を見に行けるかもしれない。

でも、海は逃げないから。今日でなくてもいいかな。

改札を出たところで、「彩加さん」と声を掛けられた。声のした方に目をやると、大田が立っていた。何時に着くかは連絡していなかったのに、なぜ、と訝る彩加に、

「十時台の新幹線に乗る、と伺っていましたから、これくらいの時間だろうと見当をつけたんです」

と、先回りして大田が答える。

「あの、前田さんと話をする前に、ふたりでこの件について話し合った方がいいか

と思いまして」

「そうですね。率直に話し合った方がいいかもしれませんね」

　駅の南口を出てすぐのところに喫茶店を見つけて入って行く。

「前田さんが待っていらっしゃるから、あまり長居はできませんね」

　ブレンドをふたつ注文すると、あらためて向き合った。

「前田さんからお聞きになったと思いますが、前田さんはあのお店を本屋兼パン屋にしたら、とおっしゃるんです。それに、カフェも併設させて。その計画には、彩加さんがお手伝いしてくださることが前提になっています」

「ええ、聞きました。以前大田さんにお会いした時にはおっしゃっていなかったので、ちょっと驚きました」

「あの時、言おうと思ったのですが、疲れていらしたように見えましたし、僕としても前田さんの計画に乗っていいものか、自信がなかったんです」

　疲れていたのは事実だ。閉店の話を聞いた直後だったから。

「僕は店を開く時、自分ひとりでやれる範囲でやっていこう、と思ったんです。店を大きくするとか、チェーン展開するとかは考えず、ここにしかない店、代わりがきかない店を作りたかったんです。大きく儲けることはできないかもしれないけど、そこで作るものに価値があればちゃんとやっていけるだろう、と。だから、飲食スペースを作る気はなかったし、今の広さで満足していたんです」

大田の店「レゼットリ」は小さな店だ。店舗部分は十坪もないくらい。片方の壁にパンを並べる棚があり、片方は壁。その間に、人がやっとすれ違えるくらいの幅の通路がある。奥にレジがあり、さらにその奥がキッチンになっている。

「ビルが取り壊されることになって引っ越さなければいけないと決まった時に、前田さんがうちの店を使ったら、と言ってくれました。自分ひとりで本屋をやるのもそろそろ辛いし、あなたが使ってくれるなら、家賃も今払っている額と同じでいい、とまでおっしゃってくれたんです。それはとてもありがたい申し出ですが、前田さんの店は大きすぎる。店舗と裏の休憩スペースや倉庫部分なども合わせれば三十坪以上あります。僕にはその半分もあれば十分、と言ったら、前田さんが、残り半分をブックカフェにしよう、とおっしゃったんです。今の喫茶スペースがなかなか好評だから、ということもありますが、前田さんの方も、今の店舗は広すぎる、本はもっと少なくてもいい、とおっしゃったんです」

「それは、どういうことでしょうか？」

「売れる本の数が減っているってことだと思います。駅の近くにはもっと大きな本屋もありますし、昔どおりの、一通りすべてが揃う町の本屋という業態は今の時代に合っていない、ということでしょうね。ところが、喫茶スペースを作った時、その周りに彩加さんがパンの本やトルコの写真集を置いたでしょう？　それがとても評判がいいんです。それで前田さんは思ったのだそうです。いろんなジャンルを万遍なく置くより、ある程度絞って、それに特化した店にした方がいいって」

「それは……そうかもしれません」

沼津でもここは駅にも近い。魅力があれば人は店に来てくれる。限られた広さで本屋としての魅力を示すには、品揃えを充実させるしかない。あるジャンルに特化したお店というのも、小さな店の勝負としては正しいだろう。

「だけど、そういう選書の仕方は自分ではできない。だったら、彩加さんにやってもらったらいいんじゃないか、と思われたのだそうです」

「そういうことだったんですか。私は伯母が大田さんのことを気に入っているから、私とくっつけようとか、そんなことをもくろんでいるのか、と思いました」

冗談めかして彩加が言う。しかし、大田は真顔で、

「実は、前田さんにはそういうお気持ちもあるかもしれません」

「はい？」

「彩加さんがいつまでもおひとりでいらっしゃること、仕事に夢中でいらっしゃることを心配されているんです。あれではオールドミス一直線だって」

「オールドミスって……。もう死語ですね」

伯母の言いそうなことだ。伯母は、昭和の時代の考え方をまだ引き摺っている。早く結婚して、家庭に入るのが女性の幸せと信じて疑わない。

「前田さんは僕を気に入ってくださっているし、僕と彩加さんが結婚して店を継いでくれたら、とおっしゃるんです」

「伯母さんったら、もう……」

彩加は伯母のおせっかいが恥ずかしいやら、怒りたくなるやら。だけどその一方で大田自身はどう思っているのかが気になった。

「それで、なんと答えたんですか？」

「僕は、彩加さんにはふさわしくないから、と」

「どういうことですか？」

彩加に問われて、大田はすぐに答えられず、コップの水をぐっと飲んだ。コップを置くと、彩加を真正面から見て語り始める。

「今まできちんとお話ししていなかったんですが、僕はほんとうは離婚しているんです。バツイチなんです」

「えっ」

「パン屋を開くために沼津に来る直前に別れました。自分は商社マンと結婚したけど、パン屋と結婚したつもりはない。自分は東京育ちだし、親兄弟と別れてそんな田舎には行きたくない。行くなら、あなたひとりで行ってほしいと」

「まあ……」

たぶん、そういう狭い価値観で生きてきた女性なのだ。そういう女性はそこを離れることはできないし、離れたら幸せとは思えないだろう。

「幸い子どもはいなかったので離婚は簡単だったのですが、妻との話し合いで、ふたりで買ったマンションのローンを今でも自分が払っているんです。そういう男の人生に、まだ若い、未来のある彩加さんがつきあう必要はないんです」

「そういう……ことだったんですか」

大田が自分との距離を縮めようとしない理由。

自分への好意を確かに感じる、だけどその次の瞬間には礼儀正しい友人に戻ってしまう、その理由は、そういうことだったのか。

「それに、彩加さんはいま、取手のあの店を盛り上げようと頑張っていらっしゃる。小さいけど、いい店でしたね。隅々まで彩加さんの想いがあることを感じました。だから、前田さんには悪いけど、こちらの都合に合わせることはないんです。僕は僕の店をなんとかしますし、前田さんの方も……」

「じゃあ、私といっしょに店をやるのが嫌、という訳ではないんですね？」

「そういうことじゃないです。彩加さんの状況がもし許せば、そういう店の業態は面白いと思いますし、彩加さんとはいいビジネスパートナーになれそうな気がします。いまの商店街も気に入っているので、できれば離れたくないんです。だけど、前田さんはそれ以上を望んでいますし、そもそもせっかく取手店の店長になって、これからという彩加さんの未来を潰すわけにはいきません」

大田の告白を聞いて、彩加はなんだか笑いたくなった。

あれこれ大田の本心を考えて悩んでいたのが嘘のようだった。

「取手店は閉店が決まりました」

「な……。ほんとうに？」

大田は驚いて、そしてみるみる悲しげな表情になった。

「ええ。まだ正式には発表していないんですけど、もうすぐ店はなくなるんです」

「それで、どうされるんですか？」

「本部には立川店に異動と言われています。でも、私退社するつもりです。……いま、決めました。こちらに戻って伯母の店を継ぎます。いっしょに、パン屋のある本屋を作りましょう」

「えっ？」

「いいじゃないですか。離婚歴があっても、ローンを払っていても。お店をやっていくのには関係ない。むしろ、そういうことであれば、お店を失敗できない。だから、頑張れるでしょう？」

「え、ええ」

彩加の勢いに呑まれたように、大田は返事をする。

「伯母にはいろんな想いがあるかもしれません。でも、まずはやってみましょう。いっしょに店をやるから、結婚しなきゃいけないってことはない。ビジネスパートナーなんですから。もしかして、それから関係が変わるかもしれないけど、その時はその時。どうしなきゃいけない、なんていま決めなくていいじゃないですか」

「本気ですか？」

「本気です。言葉に出してすっきりしました。会社に残って、立川店で働いたとしたら、どうなるかだいたい予測がつくんです。規模も立地も以前働いていた吉祥寺店に似ていますし。それに、なまじ取手でやりたいことをやらせてもらったから、立川店で働いても、どんなによくしてもらったとしても、窮屈に感じると思う。それにもう、会社の論理に従って、あちこち振り回されるのはいいかな、と思うんです。『世界はあなたのためにはない』というなら、私は私の論理で生きたい」

「それはどういうことですか？」

「あなたとお店をやるのは、リスクも大きい。お手本もないし、どうなるか見当がつかない。だけど、自分の力で頑張ったという実感は得られると思うんです」

以前、ブックイベントで知った花森安治の言葉を彩加は思い出していた。世界の扉が閉じているなら、自分の手でその扉をこじ開けたい。それも、ひとりではなくふたりでやるなら、重い扉も開くかもしれない。

「でも、それでは」

「勝算はあります。私ひとりでブックカフェをやるのは難しいけど、あなたのパン、新しい沼津名物にもなれるパンがあるから、きっとうまくいくと思うんです」

「彩加さん……」

「私といっしょにお店をやっていただけませんか?」

「それは……僕が言うべき言葉ですね。どうぞ、僕といっしょにお店をやってください」

まるで、プロポーズの瞬間のようだった。大田の目はじっと彩加の表情をみつめている。その顔は真剣だ。

「喜んで」

彩加が微笑むと、大田の顔もぱっと喜びに輝いた。そして、彩加の右手を取って、両手で力強く握った。

「頑張りましょう」

思いがけぬ大田の行動に彩加はどぎまぎしながら、力強くその手を握り返していた。その手は大きく、とても温かかった。

19

その日は本の森取手店の最後の日だった。朝からいつもどおりの時間に店を開ける。彩加は棚を見た。あちこちに隙間が見える。閉店が決まってから減らしてきたこともあるが、最後と知って、買ってくれるお客さまもちらほらいた。

有名な本屋だと、閉店と知った途端にお客さまが増えたり、営業マンが代わるがわるやって来て挨拶されたりするらしい。ネットでも話題になったり、新聞に閉店を取り上げられることもある。閉店の日にたくさんのお客さまが来店され、シャッターが下りた後も立ち去らないので、店長以下スタッフ全員が店の前に並んで最後の挨拶をした、という話も聞いたことがある。老舗(しにせ)であればあるほどその地に馴染んでいる。別れを惜しむ人もたくさんいる。

だけど、ここではそんな騒ぎは起こらない。営業マンがここまで来ることは滅多にないし、開店して二年も経っていないから、ここに本屋があることは地元でもそれほど認知されていないのだろう。

ひっそりと開店して、ひっそりと閉店していく。

寂しいが、それも仕方ない。そもそも感傷に浸っている時間はあまりなかった。閉店した後、翌日には全部撤去して、その翌日には店を開け渡さなければならないのだ。

そのための段取りも進めていた。取次のトラックが何時に来るか、その時の荷物はどれくらいになるか。什器はどうするか。最終チェックに誰が立ち会い、どういう形で鍵を返却するか。悲しいというより、滞りなく作業を終わらせられるか、ここ数週間はそのことで頭がいっぱいだった。

それでも、スタッフみんなと話し合って、最後のフェアをすることにした。フェアのタイトルは「花に嵐のたとえもあるさ。さよならだけが人生だ」。田中がつけたのだ。このさばさばした感じが、なんとなくいいな、と彩加も思った。置かれている本は、別れがテーマになっているもの。西加奈子の『サラバ!』、アリスン・マギー『たくさんのドア』、佐野洋子『100万回生きたねこ』、重松清『卒業』、藤谷治『世界でいちばん美しい』、小川洋子『ミーナの行進』、住野よる『君の膵臓をたべたい』、樋口毅宏『さらば雑司ケ谷』秀良子『年々彩々』、永井三郎『スメルズライクグリーンスピリットSIDE:A』『SIDE:B』、新川直司『四月は君の嘘』……。

フェアのために取り寄せるのはなるべく避けたかったので、基本的に店の中にある本から選んで並べてみた。なので統一性に欠けるが、それでもいいと思った。みんながなるべく好きな本を推薦する。彩加もそれをコントロールしようとは思わなかった。それぞれが好きなコメントを書いてPOPにした。思いの籠ったコメントが多く、思いのほか売れ行きは好調だ。売れても空いたスペースに補充はされないので、日を追うごとに空きスペースが増えていく。それが確実に店の終わりが近いことを示していた。

郁歩に閉店のことを話した後、すぐにほかのスタッフにもそれは広がった。郁歩からみんなに連絡が行ったらしい。だけど、正式に発表されるまで、みんな黙っていてくれた。それに、二ヶ月を待たずに辞めようとするバイトがいなかったのはありがたかった。辞めると言っていた藤井も、それを撤回して最後まで残ってくれることになった。閉店前にひとりひとりと話をし、今後の身の振り方も聞いてみた。本の森チェーンのほかの店でアルバイトしたい、という人がいれば紹介するつもりだったが、それはひとりしかいなかった。一番近い柏店でも電車で四駅ほど離れている。できれば地元でバイトしたいという人がほとんどだったから、閉店を機に、ほかのバイトに移るらしかった。

最後の朝、レジに立っているのは田中だ。最後の二ヶ月は幸崎郁歩が週に一度アルバイトに復帰し、彼女の妹が新しくバイトとして週に三日入ってくれていた。そのおかげでずいぶん楽になった。だから、田中にもバイトを辞めていい、と告げたのだが、田中は頑として受け付けなかった。

「あと二ヶ月なら、なおのこと最後までやります。……ここで働いたことで、僕は社会復帰できた。ほかの人としゃべったり、笑ったりすることが自然にできるようになったんです。それに、この店で働いていたおかげで、自分の小説は最初からこの地区の書店で大きく展開してもらえた。この店は、僕にとってとても大事な店なんです」

田中にそう言ってもらえたことは嬉しかった。誰かひとりでも、この店があってよかった、と思ってもらえるなら、この二年あまりの時間は無駄ではなかっただろう。

「この店、今日でお終い？　あら、残念だわ。雑誌とか買うのに、重宝していたのに」

いままで一度も口をきいたことがない、いつも雑誌だけ買っていくキャリアウーマンらしい女性がそんな風に言う。

「ありがとうございます」

いつものように淡々とした口調で返事をし、田中は雑誌をビニール袋に詰めている。レジの横には閉店のお知らせの紙が貼られている。この店のお客の大半は、自分たちのことを自動販売機のように思っているのではないか、と彩加は思っていたが、閉店と知ってからは声を掛けられることも多くなった。

「残念だね」「いつもフェアを楽しく見ていました」そんなひと言、ふた言を添えてくれる。ネットで話題になることもなく、お客が大勢押し寄せることもなかったが、そうした少しだけの優しさが彩加には嬉しかった。

「調子はどう？」

「ああ、西さん。それに戸塚さんも。わざわざ来てくださったんですか？」

二人連れの男は、田中のデビュー作を売るのに協力してくれた常磐線書店員の会の西正彰と戸塚健太だった。

「宮崎さん、今日で最後だって聞いたから、顔を見ておこうと思って。会社も辞めちゃうんだって？」

西の言葉に、彩加は軽くうなずいてみせる。

「故郷に帰ろうと思うんです。そちらで伯母のやってる小さな書店を継いでほしいと言われて」

「故郷ってどっちだっけ？」

「静岡の沼津です」

「いいところだね。魚も旨いし。それに、静岡なら静岡書店大賞があって、書店員同士も仲良く交流しているそうじゃない。宮崎さんも活躍のし甲斐がありそうだ」

　戸塚が優しい目で彩加を見る。戸塚は同じ本の森チェーンの柏店の店長だ。退職の話を知って、いち早く激励のメールをくれたのも、戸塚だった。

「ありがとうございます。ナショナルチェーンじゃなくて、田舎の個人商店というのでは勝手が違うと思いますが、できる限り、頑張ろうと思います」

「じゃあ、その門出を祝して……って、俺たちみたいなむさい男たちからじゃ、ちょっとさまにならないけど」

　戸塚は背中の方に隠していた花束を彩加に差し出した。

「まあ、綺麗」

　カラーとデルフィニウムの涼しげな花束だった。

「まさか、お花をいただけるとは思っていませんでした」

「俺たちだけじゃなく、常磐線書店員の会からのプレゼント。ほかの連中は仕事で来られなかったけどね。全部片付いたら、送別会もやろうと思うけど、とりあえずはお疲れさまでした」

「ありがとうございます」

　自分の退職を惜しんでくれる人がいる。それもまた嬉しいことだ。これも、自分が仕事をしてきたことの証のひとつだろう。

「あれ、あちらの方、もしかしてあの」

西がレジにいる田中に目ざとく気づいたようだ。

「はい、原先生です」

西と戸塚は、原滉一の疾風文庫大賞の授賞パーティに参加している。だから、原の顔を知っているのだ。ふたりは田中の方に近寄って話し掛けた。

「いやー、まだ書店バイトも続けられていたんですね。てっきり作家専業になられているのかと思いました。青木書店の西と申します。『鋼と銀』、いつもサイン本、ありがとうございます」

「常磐線書店員の会の方ですね。こちらこそ、いつもありがとうございます」

「書店バイトはいつまで続けられるんですか?」

「今日が最後です。ここが閉店になるまでは、と思っていましたから」

そんな話をしていると、また新たなお客が現れた。

「お疲れさまです」

『鋼と銀』の版元の営業担当の木下(きのした)と、編集者の小幡だ。

「こんにちは、おや、西さんと戸塚さんまで」

「おや、わざわざこんなところまで営業ですか?」

「ええ、あとでおたくのお店にも寄らせてもらいますよ。でも、こちらが今日で最後と聞きましたので、ご挨拶に来ました」

木下に続いて、小幡も言う。

「僕も、原先生の最後の書店員姿を見に来ました」

「お疲れさまでした。これ、ささやかですけど、皆さんで分けてください」

木下が洋菓子メーカーの名前の入った包みを差し出した。

「わあ、いいんですか。ありがとうございます」

小幡と木下にまで挨拶されると、ほんとうに今日で終わるんだなあ、という実感が彩加の胸に込み上げてくる。

「宮崎さん、会社をお辞めになるんだそうですね」

「ええ、でも沼津に戻って、あちらで本屋を続けます」

「ああ、いいですね。では、沼津でも疾風文庫を売ってください」

「はい。もちろん」

そう返事をした彩加は、大事なことを思い出した。

「そうそう、『鋼と銀』、NHKでアニメになるんですってね。すごいじゃないですか。うちの書店でも、みんな大騒ぎでしたよ」

先日、『鋼と銀』の制作発表がされたところだ。総監督として小泉謙介が参加することと、声優陣の豪華さとで早くも話題になっている。閉店で沈みかけたスタッフの気持ちを再び盛り上げたのは、バイト仲間の原の原作がアニメ化されるという話題だった。それがあったから、最後の二ヶ月のしんどさをみんなで乗り切れたと言える。いいタイミングだった、と彩加は思う。

「そうなんですよ。だから、原先生には、これからもっと執筆ペースを上げてもらわないと」

「はあ、できれば」

田中がふがいない返事をする。

「締め切りは守らなきゃだめよ、田中くん。言葉で言うからには、ちゃんと行動で示さなきゃ」

「店長のそれを聞くのも、今回が最後かな」

田中がぼそっとつぶやいた。

「どういうこと？」

「いえ、言葉ではなく行動で示せ、っていうのは、店長によく言われましたから」

「そうだっけ？」

「そうですよ。百万の提言より、ひとつの行動の方が役に立つって。僕は理屈が先行するタイプなので、身に染みました」

「またまた、大げさなことを」

そんなこと、言っただろうか。最初入った頃の田中は、理屈ばかりで確かに扱いにくい子だった。いろいろ考えるより、行動で示せ、というようなことを注意したかもしれない。

「いえ、ほんとにそうなんですよ」

田中は真顔で言う。しかし、その隣の小幡はちょっと複雑な顔をして田中を見ていた。何か、気になることでもあるのかな、と彩加は思う。

「じゃあ、俺ら、仕事があるんで、これで帰ります」

「あ、僕たちもご一緒しますよ。ついでに、柏のお店にご挨拶に伺いますので」

戸塚の言葉に、木下もそう続けると、

「そうですね。我々がここにいると、お客さまのお邪魔になりますから。……では、失礼します」

小幡も、我に返ったように挨拶した。

四人が帰ると、彩加はほおっと溜息を吐いた。

常磐線書店員の会は楽しかった。そこで『鋼と銀の雨がふる』をみんなで仕掛けたこともいい思い出になった。沼津に行っても、そういう関係が作れるといいな、と思う。沼津だと名古屋も近いから、NSKという名古屋書店関係者の集いに顔を出してみるのもいいかもしれない。NSKは作家も多く参加し、毎回盛り上がっているという噂だ。

そんなことをぼんやり考えながら仕事をする。

その後は、『紙と三日月』の安部姉妹が回収かたがた挨拶に来てくれたくらいで、これといった変化もなく、時間が過ぎていった。

そして、閉店の九時が来た。取次の担当者と、バイトのみんなも待機している。最後のシャッターを下ろす時間だ。これが下りたらもう、二度と開くことはない。

彩加の背中は緊張して強張っている。

最後の客が何も買わずに出て行った。

「そろそろ、やりますか」

声を掛けたのは、取次の名取季夏だった。みんなは弾けたように動き出す。店の外に出ているスタンドの雑誌を内側へとしまう。箒(ほうき)で周辺をさっと掃く。梱包(こんぽう)用の段ボールにスタンドの雑誌を詰め始める。そして彩加がシャッターに手を掛けた時、「待ってください！」と、声がした。振り向くと、常連である中学生の少年がそこにいた。少年は大きな鞄を持って、息を切らしている。

「すみません、塾に行っていたので、遅くなってしまって。……まだ大丈夫ですよね」

常連と言っても、立ち読みしかしなかった男の子だ。だから、名前も知らないし、いままで一度も口をきいたことがない。正直に言えば、店側からは迷惑な客だった。全員が動きを止めて、少年の行動を見守っている。

少年は空きが目立つコミックの平台から、迷わず『とんがり帽子のアトリエ』というコミックを取り出した。値段を確かめると、それをレジへと持って来る。ポケットから財布を出し、百円玉と十円玉をばらばらとレジのキャッシュトレーに置く。

「これください」

少年の初めての、そして最後の買い物だ。

「ありがとうございます。カバー、おつけしますか？」

彩加が尋ねると、一瞬迷ったようだが、

「お願いします。この店の記念に、ずっと取っておきます」

と、はっきりした声で答えた。彩加は胸にぐっとくるものがあったが、表情を変えず、手早くカバーを掛けた。

「ありがとうございます。……どうぞ、このお店のことを覚えていてくださいね」

「はい、きっと」

そして、彩加に一礼すると、静かに立ち去った。

最後の客があの少年でよかった、と彩加は思った。

この店の、最後の思い出。お小遣いで買われたコミック本。

嫌だったことも辛かったことも、この記憶がきっと上書きしてくれる。

さよなら、本の森取手店。

私は決して忘れない。

「じゃあ、今度こそ閉めますよ」

名取の声が響く。

「はい、お願いします」

彩加ははっきりした声で返事をした。その声を待ちかねたように、最後のシャッターががらがらと音を立てて下りていった。

解説――関わる人すべてが「同志」になる物語

岡崎武志

書店の減少が止まらない。ある調査では、二〇〇三年に全国で二万八八〇店あったのが、昨年の一六年には一万四〇九八店まで減っていた。十数年で全体の約三割が消えたことになる。ことに、普通の私鉄沿線の駅前にあった個人経営の小さな書店が、絶滅に近い状況にある。子どもたちが学校から家に帰って、お小遣いを握りしめ、駅前の本屋へマンガや学習雑誌を待ちかねて買いに走る光景もまた、ベーゴマや凧揚げのように、懐かしの牧歌的風景として時代の後方に遠ざかりつつある。

一日当たりの読書時間が「ゼロ」という大学生がもはや半分近い、と嘆かれ、二〇一七年三月「朝日新聞」の「声」欄には、二十一歳大学生からの「読書はしないといけないの？」という投書があり、これについての賛否の応酬が、二回も続けられた。すべてが、「本」および「読書」の劣勢を意識づける調査や報道である。木が刈り取られ、保水力を失い荒廃した山の姿が目に浮かぶ。

しかし、その絶望をダムで受け止め、本の保水力を守り続けているのが、全国の書店員たちである。読書時間をスマホに、雑誌の売上げはコンビニに奪われ、増える出版点数と少ない人員という逆風に耐えて、背筋を伸ばし「本」を愛し、「本」の力を信じる女性書店員たちの姿を、碧野圭「書店ガール」シリーズは描き、応援し続けてきた。その第六弾がついに読者、そして書店員の元に届けられる。喝采の声が私の耳元まで届きそうだ。

『書店ガール4』で西岡理子の陰から抜け、スポットライトを浴びた宮崎彩加は、途中から正社員に昇格し、『書店ガール5』では、茨城県「取手駅」構内に出店した「本の森」店長に収まった。「金太郎飴」書店になりがちの「エキナカ」店にありながら、独自のフェアを展開し、コミックやラノベの棚を充実させ、ずっと健闘してきた。オープンから一年。『書店ガール6』では、その彩加に新しい展開が……とくれば、シリーズ愛読者は、思わずページをめくる指に力が入るだろう。

しかも、本作では大手出版社で「疾風文庫」というラノベのレーベルを統括する小幡伸光が、大きくクローズアップされる。妻は『書店ガール』第一巻から登場する亜紀だ。「本の森」取手店で働く、うつむくニート青年だったバイトの田中幹が手がけた、原滉一というペンネームで書くラノベ『鋼と銀』シリーズが売れ始め、ついにNHKでアニメ化というチャンスが舞い込む。その折衝を取り持つのが、担当編集者の小幡だ。匿名の新人作家にとって、華々しい成功を約束されるNHKアニメ化だが、前途は多難で、原作者代理を務める小幡は次第に追いつめられていく。

著者は本作で、本部から四カ月後の閉店を告げられ苦悩する彩加、アニメ制作と出版界のせめぎ合いに疲労する小幡と、この二つをパラレルで進行していく。これまでにないドラマを盛り込みつつ、例によって、書店と出版という業界内部の仕組みやディテールを、読者にわかりやすく開陳するのだ。閉店が決まると、その情報は直前までシークレットとなり、駅ビルの場合、当日は一日で本も什器も撤去しなくてはならない。ラノベのアニメ化の場合、原作者がシリーズ構成を担当するのが主流など、知らないことだらけだ。

それにしても本作を読んで、書店員たちが、日々こんなに努力しながら、見返りが少なく、大変な思いをしているのかと改めて考えさせられる。近隣の大学とフェアを連携しても、大学生は本は割引のある学内の生協で購入する。いつもコミック誌を立ち読みするだけの中学生。書店員を自動販売機のように思っているお客さんたち。本部からは「駅中書店はコンビニを目指せばいい」と言い放たれ、アルバイトのローテーション管理、従業員が店に一人の時間（ワン・オペ）を、店長たる彩加が引き受けざるをえない等々。そんな中にあっても、彩加は「感情に訴える本屋でありたい」と願い、選書をアルバイトにまかせたり、取扱いが面倒な「ZINE(ジン)」（素人制作の簡易小冊子）を引き受けたり努力を続ける。その努力が、閉店により「無」と化すと聞いた時、彩加は一人、号泣(ごうきゅう)するのだ。私は、思わず近寄り、背中をさすって「よーくがんばった。いい子だ、いい子だ」と慰めたくなった。

この逆境にあって奮闘努力する働く女性の姿が、書店員はもちろん、多くの「本好き」読者の共感を呼ぶのだ。いまや稀少となりつつある「本好き」という一点で、著者も主人公も、これを扱う書店員も読者も「同志」となる。『書店ガール』シリーズの強さはここにある。

ジュンク堂書店難波(なんば)店店長の福嶋聡(ふくしまさとし)は、著書『紙の本は、滅びない』の中で、こんなことを書いている。書店員は売れ行きの良い本を「よく動いている」、その逆を「動きが止まった」と表現し、市場に流通する本を「まだ生きている」と言う。「まるで本自体が意思を持ち、活力を着脱しているかのように」。

また、『書店ガール3』に活かされているエピソードだが、二〇一一年三月十一日、東日本大震災があった日、仙台駅前にあったジュンク堂書店は開業中に大きく揺れ、停電した。非常灯が照らし出したのは、動揺する客と床に散らばった本たちであった。このとき、素早く店内の客を非常階段へ誘導しようと声をかけたのが女性店員のSさん。しかし、客は一歩も動こうとしない。なぜか？　床に散らばった本を土足で踏むことをためらったのだ。身の危険が迫る非常事態にあって「まるで本自体が意思を持ち、活力を着脱しているかのように」、本を靴で踏めない人たち。ここにも彩加と同じ「同志」がいる。

閉店を目前に傷心する彩加が、学校図書館の司書を務める友人・愛奈の誘いで、国分寺のブックイベントへ足を運ぶシーンがある。

これは毎年秋、東京西郊の町・国分寺で実際に開催されている。「本がつなぐひととまち」を合言葉に、自宅を開放して週末私設図書館を開く「西国図書館」や、地元古書店「まどそら堂」などが中心となり、一箱古本市、ビブリオバトルなどさまざまな、本がらみの企画を実施し、大いににぎわっているのだ。本は多くの人に読まれたがっている。そのことを信じ、後押しする人たちがここにもいる。

そこで出会った一冊の本『読書で見つけた　こころに効く「名言・名セリフ」』（光文社知恵の森文庫）で引用された一行「世界はあなたのためにはない」に感動し、励まされる。じつはこの本、著者は私、岡崎武志なのである。花森安治によるこの一行は、彩加が新しい一歩を踏み出す後押しにもなる。自分が書いた本が、小説の主人公を救うなんて、思いがけないことで、大いに感激した。こんなことは初めてだ。碧野圭さんに感謝したい。

書評家、古本ライターを名乗る私の著作の多くが、古本や読書、あるいは本から生まれた本であった。だから愛奈との会話で、「本なんていらない」と言った子がいると聞いた時に彩加が言った一言に、大きくうなずき、深く身に沁みた。

「何度も何度も味わって、友だちみたいにずっと傍にいてほしいって思う本が一冊もない人生って、寂しくないかな」

『読書で見つけた　こころに効く「名言・名セリフ」』の著者として、ここを本書の「名言・名セリフ」として選びたいと思う。本の中から、自分にとって効く「名言・名セリフ」を選び出すことも、読書の楽しみの一つだ。「朝日」に「読書はしないといけないの？」と投稿した大学生にも、ぜひ『書店ガール』シリーズを読んでもらいたい。その日から彼は、止めろと言われても読書せずにはいられない人になるはずだから。

（書評家）

本書は、書き下ろし作品です。

著者紹介
碧野　圭（あおの　けい）
愛知県生まれ。東京学芸大学教育学部卒業。フリーライター、出版社勤務を経て、2006年、『辞めない理由』で作家デビュー。書店や出版社など本に関わる仕事をする人たちのおすすめ本を集めて行われる夏の文庫フェア「ナツヨム2012」で、『書店ガール』が１位に。2014年、『書店ガール３』で静岡書店大賞「映像化したい文庫部門」大賞受賞。著書に「書店ガール」シリーズの他、フィギュアスケートの世界を描いた「銀盤のトレース」シリーズ、「菜の花食堂のささやかな事件簿」シリーズ、『情事の終わり』『全部抱きしめて』『半熟ＡＤ』などがある。また、小金井市を中心とした地域雑誌「き・まま」の編集にも携わっている。

ＰＨＰ文芸文庫　書店ガール６
遅れて来た客

2017年７月21日　第１版第１刷

著　者　碧　野　　圭
発行者　岡　　修　平
発行所　株式会社ＰＨＰ研究所
東京本部　〒135-8137　江東区豊洲5-6-52
文藝出版部　☎03-3520-9620（編集）
普及一部　☎03-3520-9630（販売）
京都本部　〒601-8411　京都市南区西九条北ノ内町11
PHP INTERFACE　http://www.php.co.jp/
組　版　朝日メディアインターナショナル株式会社
印刷所　図書印刷株式会社
製本所　東京美術紙工協業組合

ISBN978-4-569-76735-2

PHP文芸文庫

書店ガール

碧野 圭 著

「この店は私たちが守り抜く!」。27歳の新婚書店員と、40歳の女性店長が閉店の危機に立ち向かう。元気が湧いてくる傑作お仕事小説。

定価 本体六八六円(税別)

書店ガール 2

最強のふたり

碧野 圭 著

新たな店に店長としてスカウトされた理子が抱える苦悩。一方、亜紀は妊娠・出産を控え……。書店を舞台としたお仕事小説待望の第2弾。

定価 本体六六七円(税別)

PHP文芸文庫

書店ガール 5

ラノベとブンガク

碧野 圭 著

取手店の店長になった彩加は業績不振に頭を悩ませていた。そこに現れたラノベ編集者の伸光による意外な提案とは。人気シリーズ第5弾。

定価 本体六六〇円(税別)